ハヤカワ文庫 SF
〈SF2403〉

宇宙英雄ローダン・シリーズ〈687〉

カルタン人揺籃の地

クルト・マール&エルンスト・ヴルチェク
嶋田洋一訳

早川書房
8929

PERRY RHODAN
IMAGO
WIEGE DER KARTANIN
by
Kurt Mahr
Ernst Vlcek

Translated by
Yooichi Shimada
First published 2023 in Japan by
HAYAKAWA PUBLISHING, INC.
This book is published in Japan by
arrangement with
PABEL-MOEWIG VERLAG KG
through JAPAN UNI AGENCY, INC., TOKYO.

目次

カルタン人揺籃の地

イマーゴ

クルト・マール

登場人物

ペリー・ローダン………ネットウォーカー

ベオドゥ…………………アッタヴェンノク。夢想家

レン・ノ…………………カルタン人。アンクラム・プロジェクトのプロジェクト・リーダー

ケルトゥウル……………ヴェンノク。保安パトロール部隊最高指揮官

プラド＝ナム……………クィルマン人。ネットウォーカー

ギル・ゴル………………カルタン人。プロジェクト機構のメンバー

1

「夢を見たんだ、ワキアン」アッタヴェンノクのベオドゥがいった。「聞きたいか？」

「わたしをワキアンと呼ぶのはよせ」ペリー・ローダンは忍耐強くそういった。説得はむだだとわかっていたが。「わたしはきみの主人でも上官でもない」

「だが、あなたは〝智の上位者〟だ」ベオドゥが反論する。かれは頭翼を折りたたみ、両翼の先端、軟骨が厚くなった部分にある両目を満足げに輝かせた。「カルタン人とヴェンノクを合わせたよりも多くのことを知っていて、知識権限の中枢でさえあなたの知識をこえられないのではないかと思うことがある」

　この会話はドリフェル・カプセル《レダ》の乗員キャビンでのものだ。《レダ》は数週間前からハンガイ銀河の南東セクターを飛行していた。映像にはどす赤い光に満ちた背景の前に、密集した星々の塊りがうつっている。《レダ》の日付表示は四四七年七月一日をしめしていた。ローダンがいまだにだれも解明できていない効果でコスモヌクレオチド・ドリフェルから死にゆく宇宙タルカンに飛ばされて以来、すでに五カ月が経過している。

「ばかをいうな、ベオドゥ。知識権限の中枢がどれほどの知識を持っているかはだれにも、レン・ノにさえもわからない。かれらはメエコラー・プロジェクトを主導し、宇宙論や宇宙間の力に関して、無尽蔵といっていいほどの知識を有している」

「ははあ！　だからプロジェクトを完遂するのに百世代以上もかかっているんだな」ベオドゥが嘲笑する。

ローダンはなにもいわなかった。なぜメエコラー・プロジェクト……ハンガイ銀河を通常宇宙に転移させる計画……が現段階に達するのに五万年もの時間がかかったのか。それは解明の試みを頑固に拒みつづける最大の謎のひとつだった。

「夢の話を聞きたいのか、聞きたくないのか？」しばらくして、ベオドゥがいった。

「聞こう」ローダンはため息をついて譲歩した。

このちびのアッタヴェンノクはすでに四カ月以上ローダンと行動をともにしている。アンクラム星系に数ある衛星のひとつ、ドリファアルで出会い、ひと目でおたがいが気にいった。ベオドゥは〝夢想家〟とも呼ばれていて、しばしば明瞭な夢を見て、その夢のなかで、なにか謎めいた力をあたえられる未来の手がかりを得たという。

「どこかの世界だった、ワキアン。見たこともないほど美しい世界だ。グリーンの森、なだらかな丘、白い砂浜、ターコイズ色の海、雲が浮かんだ青空。すべてが平和で美しく、動物も植物も調和して暮らし、おだやかな亜熱帯気候のなか、嵐も雷雨もない。まさにパラダイスといっていい世界だった、ワキアン。ただ、あるシュプールから、そこがずっとパラダイスだったわけではないとわかった」

　ローダンは興味深く聞いている。

「そのパラダイス世界には、前に知性体が住んでいたようだった。だが、いまは瓦礫《がれき》と廃墟しかのこっていない。あなたの計時法で五百年ほど前に起きたカタストロフィが、ヴァイラク＝ゴムを……」

「ヴァイラク＝ゴム！」ローダンが声をあげた。「どこでその世界の名前を知ったんだ？」

「カタストロフィで死んだ者の亡霊が、惑星の歴史を語ってくれた」

「からかうのはよせ」と、ローダン。「亡霊など存在しない」

「夢の話だ、ワキアン。夢では亡霊がいたんだ！」

　ローダンは考えこんだ。〝ヴァイラク〟というのはわからないが、〝ゴム〟はソタルク語で〝成就〟を意味する。どうして一アッタヴェンノクが、異宇宙で使われる言語であるソタルク語の単語を知っていたのか？

「亡霊はどんな話をしたんだ？」

「誇り高く決然としたヴァイル人がヴァイラクに入植し、文明を繁栄させた。だが、強大な武人に嫉妬され、この武人、グロンカルが……」

「グランジカルか！」ローダンが思わず声をあげる。

「そうだったかもしれない」と、ベオドゥ。「夢のなかで話しかけてきた亡霊の言葉は、はっきり理解できるほどではなかったから。興奮しているようだが、グランジカルという武人を知っているのか？」

「知り合い以上の関係だ」アッタヴェンノクの話は、ローダンにはとても信じられないものだった。夢を通して通常宇宙の出来ごとを洞察したと主張しているのだ。とはいえ、一概に無視できない可能性もある。ローダンは横を向き、「《レダ》……？」と、問いかけた。

「当然、疑念はつきません」カプセルの柔らかな、女性的な声が答えた。「ですが、残念ながら、ベオドゥはわたしと話していませんし、わたしの記憶バンクを参照してもいません。かれがいまいったことは、わたしから聞いた話ではないということ」

「だったら、どうしてベオドゥが異宇宙の出来ごとを知っていたのか、きみが説明してくれるわけだな」

「そうしたいのですが、できません」と、《レダ》。「たぶんかれの夢が実際に、ある種の幻視だった可能性を考慮すべきです」

ローダンはアッタヴェンノクを長いこと、まじまじと見つめていた。ひとことも発しない。やがてとうとうベオドゥがいった。

「なかなか信じがたい話だというのはわかる。ときどき自分でも恐くなるくらいだから。だが、あとになると、夢がすべて現実になっているんだ」

「結末はどうなった？」と、ローダン。

「武人グランジカルはヴァイル人に最後通牒《つうちょう》を突きつけた。服従しないなら文明を一掃する、と。さっきいったとおり、ヴァイラクの入植者は誇り高く決然とした者たちだった。かれらは最後通牒を拒否し、グランジカルは戦争をしかけた。ヴァイル人は果敢に抵抗したが、武人の戦力は圧倒的だった。それでも入植者は降伏せず、全員が殺された」

「その夢のなにが重要なんだ？」ローダンがたずねる。

「プラダアンにはわからないようだった」

「プラダアン……？」

「わたしに話しかけてきた異人の亡霊だ」

「どうして異人なんだ？」

「ヴァイル人ではなかったから。重要な任務があって、たまたまヴァイラク＝ゴムに滞在していたそうだ。戦争は数カ月つづき、プラダアンはヴァイラクから出られなかった。入植者側に立って戦い、かれらとともに殺された」

ローダンは是認できないというように首を左右に振った。ベオドゥの夢がほんとうに未知の何者かから送られた幻視だとして、それはどの程度重要なものなのだろう？

しばらくして、ローダンは会話を再開した。

「プラダアンがいったこと、いわなかったこととはべつに、きみ自身は夢をどう思っているんだ？」

「プラダアンは強い力の持ち主だったと思う。ヴァイラク＝ゴムにはなにか大事なものを、たぶんなにかのシュプールを探しにきていたようだ。ヴァイラク＝ゴムを見つけることができれば、プラダアンがもとめていたものがまだあるかもしれない。かれは探索するかわりに、グランジカルと戦っていたわけだから」

「では、どうやってヴァイラク＝ゴムを見つければいいと思う？」ローダンがにこやかにたずねる。

「わからない、ワキアン」と、いうのがアッタヴェンノクの返答だった。

＊

ベオドゥは休息しにいった。《レダ》の上部デッキのせまいキャビンを二名で使うのは窮屈すぎる。もちろん、ちびのアッタヴェンノクは身長が一メートルでさほど場所をとるわけではないが、プライヴァシーは尊重されるべきだ。かれらは五時間間隔の睡眠・覚醒サイクルを確立していた。この数週間、船内では十五時間を一日として、五時間を休息に、十時間を活動にあてるようになっている。

四四七年六月三日、《レダ》はナムロングをスタートした。ナムロングはアンクラム星系の惑星ツィムボンの十三番めの衛星だ。どちらかというと逃避行に近いスタートで、レン・ノに別れを告げる余裕さえなかった。それでもあのカルタン人は、なぜかれらがそんなに急いで出立《しゅつたつ》しなくてはならなかったのか、理解してくれるはず。イマーゴにされることだけは阻止しなくてはならない。

五月末、アンクラム宙域に大艦隊が出現した。艦種は二種類だ。ひとつはロボット艦《ジュアタフ》と同型、もうひとつはベングエルの種族が惑星トゥヨンでレン・ノの侵攻艦隊から逃げるときローダンが見た、不恰好な宇宙船だった。都合一万隻の艦船の乗員はベングエルとジュアタフ・ロボットということになる。イマーゴがこの付近にいるはずだからと、アンクラム星系に集まってきたのだ。

〝イマーゴ〟がなにをさすのかはだれも知らない。ジュアタフやベングエルさえ、自分たちがなにを探しているのか、はっきりわかっているわけではなかった。だが、まもなく明らかになったのは、イマーゴが……言葉の意味はどうあれ……ペリー・ローダンだということだった。《レダ》はローダンに、ベングエルやジュアタフと接触する前に逃げ出すよう忠告した。ローダンはよろこんで忠告にしたがった。事態があまりにも不気味なものになっていたから。

　四四七年六月三日以来、《レダ》は広大なハンガイ銀河をさまよいつづけた。つねに警戒をおこたらず、ベングエルやジュアタフがイマーゴのシュプールを見つけた形跡はないか、注意しつづけて。四週間後、どうやら心配はなさそうだと確信できた。ときおり傍受していたハイパー通信から、合同艦隊がアンクラム星系にとどまり、レン・ノがひきいるプロジェクト・チームの負担になっているのがわかったから。

　結局ローダンは五カ月前の、ドリフェルからタルカン宇宙にほうりだされた直後と同じ状況だった。異宇宙から出られなくなっている。通常宇宙に……ハンガイ銀河でカルタン語を話す者たちがメエコラーと呼ぶ宇宙に……もどる方法が存在するのはまちがいない。タルカンからメエコラーに、二度に分けて数千億個の星々が転移しているのがその証拠だ。だが、ローダンが助言をもとめるべき相手はどこにもいなかった。ハンガイ銀河ぜんぶを転移させようとしている、カルタン人さえ知らないのだ。かれらはプロジェクトを実行するための情報を、〝知識権限の中枢〟と呼ばれる謎めいた存在から得ている。その所在地はだれも知らず、情報はつねに小出しにされる。プロジェクトの進行のために、さし迫って必要な分だけが出てくるのだ。プロジェクト・リーダーたち……たとえばレン・ノのような……の知識も断片的で、それさえかなりの部分が厚意によってあたえられたものだという。

　ローダンは漠然とした諦念《ていねん》をおぼえた。異宇宙から数千億の星々が到着したとき、通常宇宙がどんな反応をしめすかと考え、不安に押しつぶされそうになる。それほどの出来ごとの天文物理的な影響は長期にわたり、局部銀河群の住民が受ける心理的なショックははかりしれない。

　ゲシールとエイレーネのことを思うと絶望感に駆られた。かれの失踪の知らせを聞いて、なにを感じただろう？　もうあきらめただろうか？　それとも、かれは生きていて、かれらのもとにもどる方法を探しつづけていると信じているだろうか？

　最初はカルタン人の故郷世界に向かおうと考えていた。レン・ノはよろこんで座標を教えてくれたものの、その後ベングエルとジュアタフ・ロボットの合同艦隊がアンクラム宙域にあらわれた。この状況では危険が大きい。カルタン人は面倒な来訪者をアンクラム星系から遠ざけたいはず。カルタン人に捕まった場合、かれをイマーゴと信じているジュアタフ・ロボットとベングエルの合同艦隊をアンクラム星系から引きはなすため、餌《えさ》として使う可能性がありそうだ。そう考えて、最終的にかれは惑星カルタンに向かうのをあきらめた。いずれ行かなくてはならないだろうが、いまはその時期ではない。

　四週間にわたってあてどなくさまよいながら、《レダ》はハンガイ銀河を……まだタルカン宇宙にのこっている部分を……ハイパーエネルギー平面上で調査しつづけた。当初の考えではできるだけ正確な星図を作成し、すでに転移を終えた半分との切断面がどうなっているかを確認するつもりだった。

その過程で驚くべき発見があった。ハンガイ銀河でもっとも遠くまでのびている渦状肢の先端に一千万個ほどの恒星が集まった領域があり、そこのストレンジネスがハンガイ銀河本体のストレンジネス値と明らかに異なっていたのだ。

最初、ローダンはその発見をたいしたものとは思わなかった。だが、やがて《レダ》の指摘で、その差異がタルカンとメエコラーのストレンジネスの差異にほぼ等しいことがわかった。

通常宇宙の物質がなんらかの方法でタルカンに入りこんだというのは、息をのむような考えだ。ハンガイ銀河のはずれにメエコラーからきたものが存在するのが事実なら、その転移の経緯を解明できるかもしれない。

ローダンはその領域に向かうよう《レダ》に指示した。それが五標準日前のことだ。《レダ》は必要な飛行時間を七標準日と計算していた。慎重な飛行が必要だった。ハンガイ銀河は危険な場所だから。何度も通常空間に出て、方向を確認しなくてはならない。

通常空間にもどるさいは恒星のすくないポジションを選んだ。方向確認には通常一時間から一時間半かかり、《レダ》はハイパー通信に耳を澄まして、行く手に脅威を示唆《しさ》するものが存在しないことをたしかめた。同時に飛行の目印となる星々の集まりを記録する。目印に接近すると、さらに細かいところまでわかるようになった。八時間前には多数の恒星の集まりとしか見えなかったものが、構造も形状もぼやけた、五百万個ほどの恒星集団だと判明する。ほかにも四つの大きな球状星団があり、合わせて五百万個ほどの恒星がふくまれている。《レダ》はそれ以外にも、ぼやけた恒星集団のストレンジネス値が、球状星団のうちふたつのストレンジネス値と明らかに異なっていることも発見した。これらの物質集積がほんとうにメエコラーからきたものだとすると、ぼやけた恒星集団は四つの球状星団よりも先に転移してきたものと推測できる。異宇宙から転移してきた物質は、その〝持ちこんだ〟ストレンジネスを徐々に転移先の宇宙に〝適合〟させていく傾向があるから。この現象は〝丸太〟でも観測されたものだ。

次の方向確認の時期が迫っていた。ローダンは日付が四四七年七月一日から二日に変わるのを無感動に眺めていた。ベオドゥと十五時間制の船内時間ですごしているので、標準時間はほとんど意味がない。標準時の表示はゲシールからどれだけはなれてしまっているかを思い出させるだけだった。

「遷移します」と、《レダ》。

「わかった」ほかになにがいえる？　ありのままに受けとるしかない。ふと思いついたように、かれはこうつけくわえた。「なにか重要なことがあったら知らせてもらいたい」

映像が表示された。それは数時間前、ベオドゥから夢の話を聞いたとき見た映像と同じだった。人間の目では、《レダ》がこの間に数千光年移動したことを感知できない。暗い宇宙を背景にした星の群れは以前と同じく不明瞭だった。

この星の海のどこかに恒星五角形が、ペンタグラムが、魔女の五芒星が存在する。五つの恒星のひとつがアンクラムだ。《レダ》が測定しているあいだ、かれは六週間前にはじまった嵐のような出来ごとを思いかえした。

2

ペリー・ローダンとベオドゥが惑星トゥヨンをスタートしたのは五月十五日だった。そこでは驚くべきことが起きていた。ローダンはベングエルという奇妙な種族に出会い、ベオドゥはベングエルのなかに、数年前からくり返されるもっとも重要な夢に登場する、ふたつの生命体に似たものを感じとった。ローダンはベングエルの上層部に嫌われ、逮捕されて投獄された。ただ、深刻な危険はなかった。ベングエルはただ、天文学というかれらが好む分野における、問題を起こす競合者を排除したかっただけだから。

一方、《レダ》は四四七年二月にアンクラム星系のふたつの衛星ドリファアルとイロンで起きた混乱のなかで見失ったローダンのシュプールを再発見し、かれがトゥヨンで囚人になっていることを知った。《レダ》はただちにドリファアルのカルタン人プロジェクト・リーダー、レン・ノに連絡した。レン・ノは異宇宙からやってきた謎の異人を解放するため、みずから艦隊をひきいてトゥヨンに侵攻した。

侵攻艦隊の出現でベングエルはパニックにおちいった。トゥヨンの住民千八百万名が大混乱のなかを逃げまどい、不恰好な宇宙船に飛び乗る。宇宙船は惑星周回軌道に達すると、結合してひとつの大型船になった。

　ローダンは発見されたが、そのときのことは以後ずっと頭に引っかかっていた。ジュアタフ・ロボットのヨルダンと、エセルフィムという一ベングエルが、獄中のかれを訪ねてきていた。ちょうどそのとき、侵攻艦隊の最初の一隻が着陸し、ラフトリというヴェンノクの将校が、ローダンと二名の訪問者がいる監獄塔のプラットフォームに降下してきた。ラフトリがグライダーを降りたとき、ヨルダンとエセルフィムは向かい合って立っていた。いきなり閃光がはしり、ヨルダンとエセルフィムはぐったりとその場にくずおれた。

　そうなった理由はいまもって説明がつかない。ローダンの要請で、意識のない二名はカルタン人の旗艦に運びこまれた。侵攻艦隊はその後すぐにアンクラム星系に向かった。ローダンのドリフェル・カプセル《レダ》は旗艦に接舷していた。艦が超光速航行に遷移する前に、レン・ノはテラナーを呼び出した。ヨルダンとエセルフィムは意識をとりもどしていたが、なんという驚き！　ヨルダンはわずかな機能に特化した任務の遂行に必要な知性をそなえただけの、たんなる作業ロボットになってしまっていた。エセルフィムは知性を喪失したかのようで、それまで饒舌《じょうぜつ》だったのに、ふたつの言葉しか口にできなくなっていた。

《レダ》はこの謎めいた出来ごとについて、よりいっそう謎めいた口調で情報をつけくわえた。数時間かけた言語分析の結果、エセルフィムという名前はソタルク語からきている可能性があるという。ソタルク語はエスタルトゥの力の集合体で共通語として使われている言語だ。いずれにせよ、ベングエルという種族とその名前には特殊な事情がありそうだった。ベングエルは真の名前を恥ずかしいものとして秘密にし、おたがいをあだ名で呼ぶのが通例だった。〝おべっか使い〟、〝おしゃべり〟、〝長距離走者〟、〝足早〟といったぐあいに。ただ、エセルフィムは例外で、臆することなくこれが自分の本名で、ほかの呼び方はないといいきった。

　ソタルク語には〝アシュラフ〟という語があり、これは〝生まれ変わり〟を意味する。《レダ》によると、これが〝エセルフィム〟という名前の語源である可能性があるという。ベングエルの名前が異宇宙の言語からきているという考えはもちろん驚きだが、それは学術的な興味を惹くにすぎない。ローダンはむしろべつのことに感銘……と負担……をおぼえた。ヨルダンとエセルフィムが……肉体的にではなく精神的に……自殺したことに、責任を感じていたのだ。かれらはまだ生きているが、その知性は失われた。ヴェンノクが監獄塔のプラットフォームにやってきたとき、ローダンはなにかが自分からかれらに飛びうつるのを感じていた。かれが両者の意識のなかにあったインパルスの引金を引き、かれらは意識を失って、目ざめたときには精神能力をすべて失っていたのだ。

証明はできないし、《レダ》はそうではないと力説したが、ローダンは納得しなかった。自分に責任があると考え、そう信じこんでいる。相手が〝ただの〟ロボットと、ハンガイ銀河の住民が一致して最下層集団とみなす種族の一員だという事情も、罪悪感を薄めることはできなかった。かれは今後できるかぎり両種族から距離をとろうと心に決めた。

ベオドゥは当然、その出来ごとが細部にいたるまで、かれが見たもっとも重要な夢と一致していることを指摘した。最初に出会ったときローダンに話したその夢の内容は次のようなものだった。

「夢のなかのわたしは、空高く漂っている。眼下には単調な平地がひろがり、砂でおおわれているようだ。なにかのシルエットがふたつ、見える。片方は腕四本に、脚四本。エキゾティックな姿をしている。もう片方は、樹上生活者のようだ。わたしは高度を下げ、かれらに近づいていく。あと数メートルというところで、稲妻がはしった。両者とも倒れ、動かなくなる。そうなったのは、どうやらわたしのせいらしい。両者とも死んだ。わたしが殺したのだ。そもそも、わたしは申しわけなく思うべきなのに、よろこびに満ちている。重要な任務をなしとげたかのような気分だった」

その夢のなかに登場した者たちに、ベオドゥは次々と出会っていった。衛星イロンでは四本脚のロボットのヨルダンに、その数カ月後にはベングエルに。だが、夢の意味はまだ明らかにならず、ローダンは確信が持てずにいた。アッタヴェンノクがジュアタフ・ロボットとベングエルを夢の登場者だというのは、自分の話を真剣に受けとってもらいたいからではないのか。だが、ひとつたしかなことがあった。夢のなかの出来ごとは、かれが監獄塔のプラットフォームで経験したことと一致している。閃光がはしって、二名はその場に倒れた。ベオドゥが数年前に夢で見た場面が、いま現実になっている。

ベオドゥが口吻《こうふん》の唇を吊りあげ、人間の運命論的なため息と同じくらい多くの意味を持つがらがら音を立てた。

「わたしが夢で未来を見ていることは証明された。その意味も理解できればすばらしいのだが」

*

艦隊は五日間の航行でアンクラム星系に到達した。カルタン人と同盟者の宇宙船に装備されたリニア・エンジンの性能は、銀河系の技術によるエンジンとくらべても遜色《そんしょく》がない。《レダ》は自身のエンジンを停止し、カルタン人の旗艦の付属物のようになっていた。

アンクラム・プロジェクトの中心施設が置かれた衛星ドリファアルの周回軌道上で、レン・ノはテラナーを呼び出した。ゲストに対する義務として、その態度は丁重なものだった。

「時間があるようなら、訪問してくれるとうれしい。重要な話がある。こちらから出向いてもいいのだが、そちらの船内はかなりせまい。快適ではないだろう」

ローダンは旗艦に移乗した。レン・ノが司令室のわきにある小会議室で待っている。飲み物と軽食の用意があった。

レン・ノはいつもどおりのしゃれた恰好だった。頭部の毛を鮮やかなオレンジ色に染めている。一枚布のコンビネーションはまるで純銀のようだ。左胸には階級章のかわりに赤みがかった金属のブローチをつけ、その中央で大きなターコイズ色の宝石が輝いていた。

「説明しなくてはならないことがある」いっしょに軽食と飲み物を楽しんだあと、レン・ノがいった。「かんたんな話ではない。きみの感情を害するのは避けたいが、きみは驚くべき知識を有していて、わたしの同僚たちもわたし同様、知識権限の中枢の情報だけにたよるべきではないと考えている。ドリファアルに宿所を用意したら、きみは好奇心旺盛な者たちにとりかこまれて、質問攻めに遭うだろう」

「つまり、わたしをどこかべつの場所にうつしたいわけか」

「そのとおり。きみの立場にふさわしい宿所を用意する」

「ははあ！　それで、わたしの立場というのは？」ローダンがおもしろがるようにたずねる。

「きみはわれわれが故郷に定めようとしている宇宙の知性体の代表者だ」レン・ノは真剣だった。「きみがわたしと同じ見方をしているなら、メエコラーとの唯一の接点ということと」

「同じ見方をしたいところだが」ローダンは考えこんだ。「わたしがほんとうに接点なら、いつでもメエコラーにもどれるはず。だが、わたしの道は閉ざされている」

「いずれ見つかるだろう」と、レン・ノ。「それまではきみを名誉あるゲストとしてもてなすよう、プロジェクト機構から依頼されている。惑星ツィムボンの第十三衛星ナムロングは美しい世界で、アンクラム・プロジェクトに従事する者たちの憩いの地となっている。わたしもそこに別邸をかまえている。きみにも寛《くつろ》いでもらえるはず。その家を宿所として提供しよう。いつまで滞在してもらってもかまわない」

プロジェクト機構はカルタン人とその同盟種族の最高意志決定機関だ。ただ、この組織は統治や行政には関与せず、メエコラー・プロジェクト……ハンガイ銀河全体を通常宇宙に転移させるプロジェクト……の調整と推進だけを目的としている。レン・ノの発言は、ペリー・ローダンに関するかぎり、かれが上位者の指示にしたがっていることをはじめて認めたものだった。

「いつまで滞在すればいい？」ローダンはたずねた。「完全に自由に動きまわれるのか？」

「そのとおり。期間については、できるだけ長くゲストとしてもてなしたいというのがわたしの本心だ。もちろん、わたしの種族の故郷世界を訪問したいというきみの要望も承知している。きみにまだその気があるなら、惑星ヴィナウは歓迎するだろう。わたしの希望としては、どこに行ってもかまわないが、カンサハリヤとの連絡は絶やさないようにしてもらいたい」

カンサハリヤ……カルタン語で〝二十二同盟〟を意味する。メエコラー・プロジェクトに参加している二十二の種族の連合体のことだ。

「ハンガイ銀河には一方にヘクサメロン、他方にカンサハリヤがいるだけに見える」と、ローダン。「ヘクサメロンのことは大嫌いなので、きみの希望には添えると思う」

「それはよかった。では、ナムロングの別邸のことは……」

「世話になることにしよう」ローダンが答えた。

＊

ローダンはアッタヴェンノクのベオドゥとともに《レダ》でナムロングに向かった。カルタン人の好む寒冷な世界だ。レン・ノの別邸は赤道に近い丘がちの森林地帯にあったが、夜には霜がおりることもめずらしくなく、高い丘の頂上では降雪もあった。空は曇りがちで、雨も多い。森のなかには池があり、そのあたりの平均気温は摂氏十一度程度だった。

「カルタン人というのは変わった種族だ」ベオドゥがいった。「寒さと雨が好きだなんて。どうやって晴れやかな精神を育てたのか、不思議に思える」

近くにはほかにも住居があり、どれもカルタン様式だった。ローダンはアンクラム・プロジェクトを主導しているのが全員カルタン人だと確信していた。カルタン人はカンサハリヤを対等な種族の連合体とみなしているが、それでも主要なポストはすべてカルタン人が掌握《しょうあく》しているにちがいなかった。

その日、ローダンのもとにドリファアルから報告がとどいた。三カ月前にハウリ人の攻撃で三分の二が破壊された巨大ハイパー送信施設の再建は順調に進んでいるという。知識権限の中枢が情報を出し惜しみしていたわけではないだろうが、最近になってとりわけ報告の頻度が増していた。

《レダ》は丘陵地帯の手前にある平原のはずれの空き地に着陸していて、ローダンとはよく連絡をとっている。鋭敏な測定装置と検出装置を使ってつねに周囲を観察していて、おかげで通常の経路では知ることのできないさまざまなニュースが伝わってくるが、ひとつだけ、《レダ》にもできないことがあった。知識権限の中枢の通信の傍受だ。

ローダンは知識権限の中枢の助力を切望していた。この機関にとっては、数千億の星々を異宇宙に転移させるプロジェクトを遂行するのもたいした問題ではないらしい。ハンガイ銀河の半分はすでに転移した。各五百億個の星々を二度にわたって送り出し、メエコラー・プロジェクトの前半部分は完了している。知識権限の中枢なら、小型宇宙船でどうやってタルカンからメエコラーに転移するのか、ローダンに教えることができたはず。ローダンがこの機関の秘密をなんとしても探ろうとするのはこれが理由だった。知識権限の中枢がプロジェクトの参加者と連絡をとっている方法がわかれば、大きな一歩になる。

だが、ことはかれの思惑どおりにはいかなかった。ある晩、別邸の居間の肘かけ椅子にゆったりとすわって、ビールと発泡ワインの中間というのがいちばんぴったりするカルタン人の飲み物を楽しみながらベオドゥとおしゃべりをしていると、《レダ》がいきなり声をかけてきた。

「興味があるだろうと思いまして」カプセルの親しげな声がいった。「アンクラム星系に来訪者です……わずかな数ではありません」

＊

ローダンはレン・ノの別邸に設置された通信機を調整し、《レダ》といつでも連絡がとれるようにしていた。

データを受信した固定型スクリーンが明るくなり、特徴的な探知画面が表示された。一天体を背景に、人工物……たとえば宇宙船のような……が輝く光点となってうつっている。

「アンクラムから二十光時ほどはなれたポジションから銀河中心部を見た映像です」

《レダ》がいった。

無数の光点が画面をおおいつくしている。ベクトル表示により、光点がアンクラムをめざしていることもわかった。

「観察の結果、判明したことがふたつあります。第一、この群れには二種類の宇宙船が存在します。ちがいはエネルギー放射を見れば明らかです。わかりやすいよう、色分けして表示します」

光点の色が変化した。白一色だったものが、半分は明るい赤に、のこり半分は明るいグリーンに変わる。

「グリーンの宇宙船のほうが技術的には進歩しています。艦種はわかりません。赤いほうは……約五千隻いますが……数分前まで十隻の巨大艦でした。それが分解して、各五百隻ほどの通常サイズの宇宙船になりました。こういう宇宙航行の方法を見たおぼえはありませんか？」

「ベングエルだ！」ローダンはうめいた。

「そのとおりです。ベングエルが設計する宇宙船は多数でばらばらに惑星をスタートし、恒星間航行時には宇宙空間で融合して巨大宇宙船になります。トゥヨンで実際に目にしました。そのとき記録したベングエル艦の放射が、赤でしめした艦の放射と一致しています」

じっとそのやりとりを聞いていたベオドゥがいった。

「赤がベングエルなら、グリーンはジュアタフの艦だろうな」

ローダンがとまどったように顔をあげる。

「どういう理屈なんだ？」

「夢で見た理屈です」《レダ》がベオドゥを代弁した。「ベングエルとジュアタフは協力しています」

「そのとおり」と、アッタヴェンノク。

「ここでなにをしているんだろう？　かれらもアンクラム・プロジェクトに関わっているのか？」と、ローダン。

「いいえ」《レダ》が答えた。「ドリファアル側もかれらに気づいて、所属を明らかにするか引き返すよう、半時間前から要請しつづけています。プロジェクトに関連してやってきた相手なら、そういう対応にはならないはず」

「艦隊側の反応は？」

「いっさい無反応です」

「ヘクサメロンの攻撃という可能性はあるか？」

「それはわたしも考えました」と、《レダ》。「可能性はもちろんありますが、考えにくいと思います。移動速度はかなり遅く、陣形らしい陣形もとっていません。レン・ノがすぐに衛星ガンガのヴェンノクに依頼して艦隊に向かわせ、進行方向を変えさせるでしょう」

「きみの計算では、艦隊がアンクラム星系に到達するのにどれくらいの時間がかかる？」

「現在の速度を維持するなら、惑星ラングライの公転軌道をこえるのは七十時間後です」

　ラングライは恒星アンクラムの三つの惑星のうち、最外周に位置する。主星からの距離は平均で十八億キロメートル弱。ドリファアルとナムロングをふくむ十八個の衛星を擁する惑星ツィムボンの軌道がもっとも内側で、主星からの平均距離は十億キロメートル強だった。

「では、時間はあるな」と、ローダン。「情報はつねに知らせて……」

「はじめて応答がありました」《レダ》がかれの言葉をさえぎって報告した。

「コードはわかるか？」

「カルタン人の通常の情報コードで、平文です」

「テキストを！」と、ローダン。

「読みあげます。〝われわれ、シェハラを探している〟」

「なんのことだ？　シェハラとはなんだ？」

「なんでもたよるのはかまいませんが、わたしも万能ではありません」《レダ》が皮肉っぽくいう。「カルタン語で、意味はわたしにもわかりません」

「〝シェハラ〟とは知性体の魂を研究する科学者の用語だ」ベオドゥが口をはさんだ。

「意味は理想的な姿、本質といった……」

「イマーゴかな」ローダンがいった。

「そんなところでしょう」と、《レダ》。「つまりメッセージの内容は、〝われわれ、イマーゴを探している〟」

「それで、イマーゴとはなに、あるいはだれなんだ？」ローダンがうめくようにいう。

カプセルの声はなにも答えなかった。

3

翌日、レン・ノから来訪の連絡があった。

「きみの力が必要だ。理解できない事態が生じていて、知識権限の中枢からも情報が入ってこない」

この謎めいた連絡のあと一時間半たらずで、かれの搭載艇が別邸近くに着陸した。ペリー・ローダンは丁重にかれを迎えたが、相手はひどく興奮していて、飲み物に手もつけなかった。

「イマーゴについてなにを知っている？」と、レン・ノがたずねる。

「なにも」と、ローダン。

レン・ノの頸の毛が逆立った。きょうは金色のコンビネーション姿で、頭部の毛の筋はメタリック・グリーンに彩られていた。

「なにも？」落胆した口調だった。「かれらがなにをしにきたかもわからないというのか？」

情報収集能力をカルタン人に明かす理由はなかったので、ローダンは知らないふりをした。

「だれがきたと？」

「ベングエルと、きみがジュアタフと呼ぶロボットの合同艦隊だ。たいして期待していたわけではないが、起きていることは承知していると思っていた」

「いいか、わたしは自分が万能だとはいっていない」ローダンはしずかにカルタン人を非難した。「多数の宇宙船が低速でアンクラム星系に接近しているのは知っている。だが、それはきみのプロジェクト・グループの者たちだと思っていた」

「そうではない！」レン・ノが叫んだ。「ベングエルとジュアタフはプロジェクト機構に参加すらしていない。だれがベングエルを信じて、必要な知識をあたえたりするものか！ ジュアタフについてわかっているのは、成長途中のナックの信頼できる世話役だということだけだ」

ローダンは思わず耳をそばだてた。これは初耳だ。レン・ノがナックのことを口にしたのもはじめてだった。まるで次元のあいだを漂っているような謎の種族で、永遠の戦士の領域では重要なプシオン施設の管理者をしていた。

「一万隻の宇宙船が接近してきている！」レン・ノは一秒ごとに絶望感を募らせているようだ。「かれらはまるで熱に浮かされたように、なにをたずねても……答えはいつも

〝われわれ、イマーゴを探している〟だ。保安パトロール部隊が艦隊を追いはらおうとしたが、ベングエルもジュアタフも反応しない。ヴェンノクに攻撃命令を出したが、圧倒的に火力がたりない」

「イマーゴとは何者だ？」ローダンがたずねた。

「わたしが知りたい。ベングエルもジュアタフも、なにもいおうとしないのだ」

「通してやってはだめなのか？　アンクラム星系を素通りして、消えていくかもしれない」

「だめだ。第一、それは考えられない。艦隊の動きはアンクラム星系に突入し、陣を築くことを狙っているように見える。イマーゴが何者であれ、ここにいると思っているのだろう。第二、知識権限の中枢から、パルス送信機の最新構築段階のテストを実行するよう指示されている。テスト開始は数日後だ。一万隻の異宇宙船が鼻先にいて、どうやってテストを実行するんだ？　プロジェクトの完了がまた遠のいてしまう！」

　ローダンはこの機会を逃さなかった。レン・ノが通常なら漏らさない情報を口にしたのだ。

「完了期日はいつだ？」

　レン・ノが期日を告げ、ローダンは大急ぎで日付を換算した。八月初頭、三日か四日あたりにアンクラム・プロジェクトは完了することになる。その結果、ハンガイ銀河のさらに四分の一がタルカン宇宙から消え、通常宇宙に実体化することになる。

「どうしてその日付が重要なんだ？　期日にまにあわないなら、延期すればいいだろう」

「だめだ！」レン・ノが叫んだ。「プロジェクトはいつ完了させてもいいというものではない。知識権限の中枢が指定した期日を過ぎた場合、パルス送信機を設定しなおすのに数週間から数カ月もかかってしまう」

「正確にはどれくらいだ？」

「それは知識権限の中枢しかわからない」レン・ノは不愉快そうなようすを見せはじめた。「なぜそんなことをたずねる？　きみには関係ないだろう。いまは一万隻の宇宙船が迫ってきている問題を解決するための助力をもとめている。そのために時間をとったのだ」

「なにをすればいい？　どんな助力が必要なんだ？」

「ベングエルとジュアタフが反応しないのは、われわれの通信手段に問題があるせいかもしれない」と、レン・ノ。「きみからも呼びかけてみてもらいたい。きみはトゥヨンでベングエルと話ができていた。ジュアタフともうまくやれるはず」

「よろこんで手伝おう。どの通信機を使えばいい？」

「いや、通信機は不要だ！　搭載艇にジュアタフとベングエルが一名ずつ乗っているので、かれらと話をしてもらいたい」

「なぜ先にいわない？」ローダンは怒るよりもおもしろがっていた。「そうとわかっていれば、話はずっとかんたんだったのに」

「すまなかった」カルタン人は後悔をにじませた。「興奮のあまり、いちばん大事なことを忘れていた。ガンガのヴェンノクの新任最高指揮官であるケルトゥウルが接近してくる艦隊に赴き、数隻に接舷する許可を得た。かれはジュアタフとベングエルを説得し、代表者をアンクラム星系に送ることがかれらの大義に役だつと納得させるのに成功した。わたしが連れてきたのはその二名だ。ジュアタフ・ロボットはムネレ＝ドル、ベングエルは〝星々の友〟と名乗っている」

ローダンは立ちあがり、提案した。

「いっしょにかれらと話をしてみよう」

＊

着陸した搭載艇は直径二十メートル弱の膨《ふく》らんだ円盤型だった。別邸の近くにはちいさな着陸床があり、数日おきに作業ロボットの群れが雑草を除去している。

夕闇が迫っていた。アンクラムのブルーのちいさな日輪が山の端に沈もうとしている。

ベオドゥは宿所のなかにのこった。レン・ノの存在に気おくれするらしい。

搭載艇のハッチは開いていた。ちいさなエアロックを抜けるとせまい通廊があり、長身痩軀《そうく》の一ヴェンノクが待っていた。口吻の異様に高い位置にある鼻孔と、口をおおっているくすんだピンクの皮膚膜で、ローダンにはすぐにだれなのかわかった。

「ケルトゥウル！」と、よろこんで呼びかける。「また会えてうれしい。レン・ノがきみまで連れてきているとは知らなかった」

ヴェンノクの目が輝いた。頭翼がちいさく震える。

「わたしもうれしい」クリック音と気息音で構成される本来のヴェンノク語を、口吻内に埋めこんだトランセサイザーがカルタン語に変換し、合成音声で発話した。「あのときは悪いことをした。あなたが再会をよろこんでくれるとは思わなかった」

ローダンは片手を振った。

「とっくにすんだことだ。当時、衛星ガンガで会った保安パトロール部隊のヴェンノクのなかで、きみがわたしの立場をいちばんよく理解してくれた。昇進したそうだな。きみはそれにふさわしい」

「感謝する、ペリー・ローダン」と、ヴェンノク。

そのやりとりをじっと聞いていたレン・ノがローダンにいった。

「どうやらきみには、どこでも友をつくれる希有《けう》な才能があるようだ。それだけに、期待している。ベングエルもジュアタフも、きみにはわたしによせる以上の信頼をよせるのではないかと思う」

「大きな期待はいだかないほうがいい」ケルトゥウルが警告した。「ときどきカメラごしに見ていたが、二名ともどこかぼんやりしたようすだ。たがいにひとことも話をしていない」

通廊は数メートル先で客室方向と司令室方向に分岐した。ケルトゥウルは奥のハッチに向かい、ローダンとレン・ノもあとにつづいた。ヴェンノクが不恰好な指に装着した装置でハッチに触れると、ハッチが横にスライドして開いた。

ローダンがケルトゥウルごしに、ジュアタフとベングエルがいるせまいキャビンのなかをのぞく。その瞬間、幻視が見えた。

トゥヨンの監獄塔のプラットフォームにいる自分の姿だ。ヨルダンとエセルフィムが目の前に立っている。一グライダーが着陸するのが見えた。ラフトリという名の一ヴェンノクが降りてきて、ヨルダンとエセルフィムがそれをじっと見つめている。

そしてそれが起きた！

幻視が終わる。恐怖が氷のような指をかれの魂に食いこませた。悲劇をくり返してはならない！　かれは前方に突進し、ケルトゥウルの肩をつかんで叫んだ。

「動くな！　入ってはだめだ！」

だが、手遅れだった。

＊

ジュアタフ・ロボットはヨルダンとは似ても似つかない。外観はあちこちがへこんだ金属の箱で、長さ二メートル、高さ一メートル、それが反撥フィールドで床から数センチメートル浮かんでいる。箱の上から柔軟な柄が突き出し、そこにレンズなどの感覚器官が集まっていた。レンズはじっとケルトゥウルを見つめている。

これに対してベングエルはローダンがトゥヨンで出会った同族によく似ていた。身長百二十センチメートルほど、衣服は着用せず、全身が淡褐色の密集した被毛でおおわれている。堂々たる頬髭《ひげ》から、男性だとわかった。ハッチが開いたとき、かれはキャビンの片隅にうずくまっていた。ひと目でそれだけのことを察知したローダンは、ケルトゥウルに視線をうつすと驚愕し、しばらく目がはなせなくなった。まるで別世界の存在を見ているかのようだ。

そしてローダンが防ごうとしたことが起きた。

一瞬、幻影のようなものが二名のからだからはなれていったように思えた。ふたつの幻影が交錯し、融合する。融合の瞬間、キャビン内に青白い閃光がはしった。

〝星々の友〟という奇妙な名前のベングエルが苦痛のうめきを漏らし、卒倒する。ジュアタフ・ロボットのムネレ＝ドルは床の上でかたかた音を立て、横倒しになった。感覚器官が集まった柔軟な柄がゆらゆらと揺れ、金属のボディからは張りつめたバネをいきなり解放したような音が響いた。

それだけのことが一秒とかからずに生じていた。ローダンは衝撃で立ちつくしている。ケルトゥウルは横を向いて、ローダンの叫びに反応しようとしていた。三名のなかでいちばん小柄なレン・ノは現場を見てはいないものの、音は聞こえていた。かれはローダンとケルトゥウルのからだごしに、キャビンのなかに驚きの目を向けた。

「不思議だ」かれがつぶやくのが聞こえた。「最近、こういうことが多くなっている」

「なにが起きたかわかるのか？」ローダンが驚いてたずねる。

「ベングエルとジュアタフが意識を失うのだ」と、レン・ノ。「意識がもどっても正気を失ってしまう。どうしてそんなことを訊く？　きみも見たことがあるだろう」

「ほかにも起きていたとは知らなかった。なにかわかっていることは？　どういう意味があるんだ？」

「なにもわかっていない。ベングエルとジュアタフに、特定の条件下で発生するらしい」

レン・ノはこの出来ごとに関心がないようだ。ベングエルはハンガイ銀河の種族のなかでは尊敬されていない、最下層種族だった。ムネレ＝ドルはしょせんロボットだ。レン・ノがこの出来ごとを重視しないのは当然だった。

ケルトゥウルはこれまでひとことも発していない。それほど衝撃的な体験だったのだ。その目にはいまも恐怖の表情が宿っていたが、それでもようやく身動きしはじめた。「わたしに警告しようとしたな」と、ローダンのほうを向いていう。「わたしをとめようとじた。これはわたしに……なにか関係があるのか？」

ローダンは動けない二人に向かって途方に暮れた身振りを見せ、暗い顔で答えた。

「わたしが知りたいくらいだ」

4

翌日、ペリー・ローダンは《レダ》でドリファアルに向かった。前夜にはもどっていたレン・ノが多くの部下を引き連れてかれを迎え、ハイパー通信施設に案内した。通常は近くのカンサハリヤ基地との連絡に使われている施設だ。一アンテナがジュアタフとベングエルの合同艦隊の方向に調整されていた。

「かれらは速度を落とした」レン・ノが歩きながらいう。「わたしの推測が正しかったということ。ベングエルとジュアタフはアンクラム星系で停止するつもりだ」

ローダンは《レダ》からすでに同じ報告を受けていることを話さなかった。気になっているのは、前日の経験でショックを受けたケルトゥウルのことだ。レン・ノがもう一度合同艦隊に行ってべつの代表者を連れてくるよう依頼したが、ケルトゥウルはその要請を拒んでいた。

「もう二度と精神的な自殺の手助けをするつもりはない」と、いって。

〝星々の友〟とムネレ＝ドルはドリファアルに移送され、惑星トゥヨンからカルタン人の旗艦で運ばれたヨルダンとエセルフィムと同じ場所に収容された。ムネレ＝ドルはロボットとしての機能をわずかながら回復させていた。ふたたび浮かびあがり、感覚器官も役目をはたしているようだ。だが、もうしゃべることはなく、話しかけられても反応しない。〝星々の友〟はすみにうずくまって前方を見つめるだけだ。エセルフィムと対面したときはわずかに声を発したが、なにをいったのかだれにもわからなかった。一方のエセルフィムは、〝星々の友〟を見てもなんの反応もしめさなかった。

ローダンには通信施設内に小部屋が用意された。いくつかのスクリーンに、探知画面にうつった合同艦隊が表示されている。レン・ノの同行者たちはドアの外にのこり、プロジェクト・リーダーだけがローダンといっしょに小部屋に入った。

「きみが最後の希望だ」ローダンと宇宙港で再会してから、かれがそういうのは三回めだった。「きみにイマーゴ探索者をとめられなかったら、もうどうすればいいのかわからない」

「マイクロフォンをたのむ」と、ローダンがカルタン人にいった。

輝くエネルギー・リングが目の前の空中に物質化した。ローダンがそれを引きよせる。

「送信準備は完了しています」コンピュータ音声がいった。「商業用の映像・音声通信にもっとも頻繁に利用されている周波数を使います。異宇宙船はこちらの送信をかんたんに受信できるはずです」

ローダンは十秒数えてから話しはじめた。

「ベングエル！　ロボット！　わたしはペリー・ローダン、異宇宙からきた異人だ。この星系で重要な科学プロジェクトを指揮するレン・ノにかわって話している。

きみたちはイマーゴを探しているとのこと。われわれ、イマーゴがだれなのか知らない。きみたちはこの星系にいると思っているようだ。イマーゴとは何者なのか教えてくれたら、きみたちのところに行くように手配しよう。

きみたちの一万隻の宇宙船はレン・ノが二十二種族の同盟から託された科学的事業に大きな影響がある。きみたちがイマーゴのことを説明し、われわれがその者をそちらに送りとどけるのを認めてくれるなら、そちらの望みはかなうし、われわれも助かるのだ。

返答を待っている」

ベングエル・ジュアタフ艦隊からの応答を受信するために空けてあるスクリーンは暗いままだ。ローダンはしばらく待ってからマイクロフォンのエネルギー・リングを押しやり、レン・ノに向きなおった。

「わたしでも感銘はあたえられないようだ」と、ちいさく笑みを浮かべる。「きみが望むなら、記録した映像と音声をさらに何度か……」

レン・ノの表情が急に変わったことに気づき、振り返る。さっきまで暗かったスクリーンが点灯していた。一ベングエルの上半身がうつっている。密集したもじゃもじゃの頰髭を生《は》やし、一筋の麦藁《むぎわら》色の毛が頭の中央をはしっている。大きな黒い目は遠くを見つめているようだ。ベングエル艦の装置が表示する、送信されたローダンの映像を見ているのはまちがいないだろう。

「感謝する」ベングエルが訛《なま》りの強いカルタン語でいった。「あなたの声が聞けてよかった。イマーゴを見つけられるとわかった」

映像が消え、コンピュータ音声がいった。

「接続が切れました」

*

数日間はなにごともなかったが、漠然とした脅威の雰囲気がつきまとっていた。緊張感が高まっている。ローダンはナムロングにもどっていて、レン・ノが日に何度も連絡してきた。助言をもとめることもあったが、ほとんどは現状の報告だ……ローダンが《レダ》のおかげですくなくとも同程度の情報を得ていることには気づいていない。

ベングエルとジュアタフの一万隻の艦隊は最外周惑星ラングライの軌道をこえたが、惑星そのものに近づこうとはしなかった。目的地は星系のもっと内側、惑星ヌルか惑星ツィムボンの衛星のどれかだろう。かつてローダンはヌルの衛星のひとつイロンでロボット船《ジュアタフ》を発見し、その船がはるか昔、消えた超越知性体エスタルトゥとなんらかの関係があったらしいことを知った。司令室でエスタルトゥの紋章、三本の矢印のある三角形を見つけたのだ。ローダンは《ジュアタフ》でハンガイ銀河の深奥を数週間にわたって航行したが、ロボット船をめぐる謎の解明に迫るにはいたらなかった。全体としても〝ジュアタフ〟と呼ばれるロボットは、遠い過去にエスタルトゥとなんらかの関わりがあったのかもしれないが、かれらの記憶バンクにそのシュプールは見当たらなかった。

《ジュアタフ》が着陸した惑星トゥヨンにはベングエルが文明を築いていたが、その内実の矛盾は見る者をとまどわせた。技術的に発達した入植地をつくっているのに、その精神性は低く、技術力に見合っていない。トゥヨンに立ちよったローダンは、ベングエルが一時的に滞在しているだけではないかという印象さえ受けた。

《ジュアタフ》は未知の目的地に向かって航行をつづけた。同行者はヨルダンと、いうまでもなく、アッタヴェンノクのベオドゥだけだ。そこであの奇妙な出来ごとがあり、ヨルダンは数日前にムネレ＝ドルがおちいったのと同じ状態になった。以来、ローダンとジュアタフのあいだの連絡はとぎれ、エスタルトゥの運命に関する情報をロボットたちから得るというもくろみも潰《つい》えた。

　ゆっくりと前進するベングエル・ジュアタフ艦隊を《レダ》の目を通して眺めていると、そんな思いがローダンの心に去来した。あの艦隊に接近してジュアタフとコンタクトし、エスタルトゥの所在を知らないかとたずねてみようか？　謎めいたイマーゴに関わる船なら情報を持っているかもしれない。

いい考えとは思えなかった。沈黙をつづける宇宙船の大規模な集まりは居心地の悪さを感じさせる。《レダ》もやめたほうがいいと助言していた。

　艦隊が惑星ヌルの軌道に接近しているとレン・ノから報告があった。もう夜も遅い。

「これでほぼまちがいない」と、カルタン人。「ベングエルとジュアタフの目的地は惑星ツィムボンの衛星のどれかだ。論理的にはドリファアルしかありえない。ほかの衛星は居住者がすくないか、皆無《かいむ》だから。そもそもプロジェクトの技術はすべてドリファアルに集まっている」

　わたしはケルトゥウルとヴェンノクたちに、ドリファアル防衛網を構築する指示を出さなくてはならない。侵入者が着陸を試みたら、集中砲火を浴びせることになる。とはいえ、ケルトゥウルの部隊はベングエルとジュアタフにくらべると圧倒的に寡兵だ。一万隻がいっせいに襲ってきたら、わずかなヴェンノクの部隊など、たちまち一掃されてしまうだろう。

　プロジェクト機構に緊急メッセージを送ったから、援軍は期待できる。なんとしてもプロジェクトを遅らせるわけにはいかない。

　きみにはこのことを知っておいてもらいたかった。状況はさし迫ってきている。今後はいままでほど頻繁にコンタクトできなくなるだろう。チャリフ星系の座標はわかっているはず。友のベオドゥとともに、そこに向かうことを考えるべきだ」

ローダンは情報と助言に感謝し、よく考えてみると答えた。

「ジュアタフとベングエルが暴力的な行動に出るようには感じられない」と、ローダン。「すこし危険になったからといって、持ち場を放棄するようなこともしたくない。いずれにせよ、当面はここにいるつもりだ」

レン・ノがほっとした表情を見せたような気がした。カルタン人はかれをそばに置いて、助言をもとめたいのだろう。

その晩、ローダンはなかなか寝つけなかった。さまざまな思いや疑問や考えが頭のなかを駆けめぐっていたから。ようやく眠りに落ちたのは真夜中をとっくに過ぎたころだった。一時間ほど眠ったところで、いきなり目をさます。だれかが大声でかれの名前を呼んでいた。

「だれだ？」

「わたしです」《レダ》が答えた。「睡眠中にすみません。重大な出来ごとがありました。ベングエル・ジュアタフ合同艦隊が速度をあげ、さらに加速しながら接近しています。同時にコースもわずかに変化しました。目的地はまだ不明ですが、ひとつだけたしかなことがあります。ドリファアルに向かっているのではありません！」

*

おだやかな夜だった。ベオドゥは小型グライダーを保管庫から持ち出していた。自動操縦装置は《レダ》の位置がわかっている。かれは小型機を操って、森がちの丘から深く切れこんだ谷を抜け、平原に出た。

「ようこそ」《レダ》が二名の乗客に挨拶した。「あらゆる状況を考慮していたようですね」

ローダンはネット・コンビネーションを着用している。ベオドゥはレン・ノが提供した、軽量で宇宙航行に耐える防護服姿だ。

「すぐに新しい住居を探す必要がある」ローダンがいった。「合同艦隊のコースからなにかわかったか?」

「まだ確定できません」と、《レダ》。「艦隊は密集陣形に移行しましたが、それでも幅は二十光秒におよびます。幅がありすぎて、目的地を絞りこめないんです」

「きみはすでにドリファアルを目的地から除外した」ローダンが指摘する。「ほかの衛星はどうなんだ?」

「惑星ツィムボンには十八個の衛星があります。質問を逆にすれば、必要な答えが得られるでしょう。目的地として考慮できるのはどの衛星か? 三つあります。第九衛星シアモン、第十七衛星エレキアム」

「あとは？」《レダ》が急に黙りこんだので、ローダンがいらだたしげに先をうながした。

「あとは、ナムロングです」

　ローダンは目を伏せ、両腕を背中にまわした。

「そうだと思った」と、おさえた声でいう。「シアモンとエレキアムはどんな世界だ？」

「生命のいない岩の塊りです。シアモンは大気がなく、エレキアムには窒素とネオンの薄い大気があります」

「いまのところ、艦隊の目的地はナムロングの可能性が高いな」と、ローダン。

「そういう見方をすれば……そのとおりです。ただ、イマーゴがなんなのかはまだわかっていません。生命体のいない世界に存在する可能性もあります」

「わたしをなぐさめようとしているな？」ローダンが突っかかるようにたずねる。

「意味がわかりません」と、《レダ》。

「いや、わかっているはず。きみは賢明だ。その推理能力には一目置いている。ベングエルとジュアタフの目的地がどこなのか、もうわかっているんだろう」

「推測はしていますが……」いいかけた《レダ》の言葉をローダンがさえぎった。

「わたしには推測以上のものがある。状況証拠だ。衛星イロンで……《ジュアタフ》からいったん離れようとしたとき……ヨルダンがわたしにこういった。〝また会いましょう、ペリー・ローダン。あなたは、選ばれし者だから〟と。これまでに二度、つまり一ジュアタフと一ベングエルが、いきなり意識を失って倒れる場面に遭遇している。それがわたしのせいだという印象は、いくら論理的に考えても否定しきれなかった。そしてあの、数日前に艦隊から応答してきたベングエルはなんといった？　〝感謝する。あなたの声が聞けてよかった。イマーゴを見つけられるとわかった〟だ」

《レダ》はしばらくなにもいわなかった。やがてようやく、カプセルの声が聞こえた。

「なにがいいたいのか、まだわかりません」

「かんたんなことだ」ローダンがうめくようにいう。「わたしがイマーゴなのだ！」

5

ベオドゥが悲痛な声をあげた。

「それがわたしのいった〝推測〟です」と、《レダ》。「ただ、あなたもわかっているとおり、いまのところはたんなる憶測です。謎が解けてみれば、まったくちがっていたということもありえます」

「それはありそうにないな」ペリー・ローダンが苦々しげにいう。「状況を見れば明らかだ。だが、イマーゴとはなんだ？　どうしてわたしがベングエルとジュアタフからその名で呼ばれるんだ？　かれらはわたしになにをもとめている？」

「われわれの推測が正しいなら、可能性はふたつしかありません」《レダ》がいった。

「というと……？」

「《ジュアタフ》船内で……ヘクサメロンが襲ってくる直前……あなたはヒューマノイド型ロボットのヨルダンと会話して、エスタルトゥの探索に関してたずねました。たぶん正しい答えだったのでしょう。その結果、あなたは〝選ばれし者〟と呼ばれるようになりましたから。船を降りるときには、さっきあなたがいっていたように、〝選ばれし者〟と呼ばれていました。《ジュアタフ》は選ばれし者、啓示を受けた者がハンガイにやってきたと、あちこちで触れてまわりました。そのためベングエルとジュアタフがあなたを探しはじめたのです」

「可能性はあるな」ローダンの口調から、その説明が気にいっていないことがわかった。

「もうひとつのほうは？」

「ベングエルとジュアタフが意識を失って倒れたとき、幻影のようなものと閃光が見えたといいましたね。二度とも同じ表現をしています。幻影がなんなのかはわかりませんが、プシオン・エネルギーの塊りかもしれません。意識を失った者たちが目ざめたとき、知性を失ったようだったことを思い出してください。倒れた瞬間に知性をプシオン・エネルギーとして放射したのではないでしょうか？」

「ありえるな」ローダンは、一瞬ためらってからうなずいた。「だとすると？」

「そのエネルギーの塊りは、あなたの言葉どおりなら、強力なプシオン信号だったと考えられます。信号の一部があなたの意識に伝わり、印象として知覚されたのでしょう。ベングエルとジュアタフはそれをなんらかの方法で感じとり、かれらの目に、あなたはその印象を通じてうつっていた。あなたはイマーゴで、かれらはあなたの近くにいたがっています」

ローダンはしばらく考えこんだ。

「こじつけっぽいな」

「わかっています。いったとおり、推測ですから。全体像の一部を見ているにすぎません」

そのとき、ベオドゥがはじめて口を開いた。

「どちらのときも、ヴェンノクがなんらかの役割をはたしたかもしれないことを忘れないでほしい。トゥヨンでは、ヨルダンとエセルフィムが倒れたのはラフトリがあらわれた瞬間だった。ここナムロングでは、ケルトゥウルがキャビンに入ったとたん、ムネレ＝ドルと〝星々の友〟が倒れた」

「そのとおりだ」ローダンがひとりごとのようにつぶやく。「ケルトゥウルはあのあと、自分のせいだったのではないかといっていた」

「ヴェンノクの役割については、まだわかりません」と、《レダ》。「ただ、たしかに、なんらかの役割をはたしたようにも思えます」

「もういい！」ローダンは頭をかかえ、やけになったように叫んだ。「わけのわからないことが多すぎる」

「どのみち、いまはもっと重要なことがあります」《レダ》が淡々と指摘した。「数分前に合同艦隊のコースが確定できました。目的地はナムロングです！」

《レダ》が探知画面を表示した。大艦隊が密集した光点となり、かなりの速度で移動している。

＊

別画面に周囲の情景が表示された。夜明けまで、まだあと数時間ある。空は曇っていた。ときおり雲間から星が顔をのぞかせ、すぐに見えなくなる。嵐が近づいてきていた。

次の二十分で艦隊の陣形が変化した。先頭の部隊が速度をあげ、全体が細長くなる。百隻ほどの宇宙船が本隊をはなれ、まっすぐ衛星ナムロングに向かいはじめた。

《レダ》が映像を切り替える。最優先は遅くとも一時間以内にナムロングに到着する、先行した百隻の部隊だ。

受信機が音を立てた。ローダンはレン・ノが連絡してくるのを予期していた。相手は驚いた顔で画面を凝視していた。

「場所をうつったのか。けっこう、そちらの測定装置で、すでに状況はわかっているわけだな」

「そのとおりだ」と、ローダン。「ドリファアルの心配をする必要がなくなって、ほっとしているのだろう」

「フェイントかもしれない」カルタン人が指摘した。「ドリファアルの軌道上に保安パトロール部隊が集結しているのを見て、引きつけようとしている可能性がある。うまくいったらコースを変えて、ドリファアルに殺到するのだろう」

「そうは思わないな」ローダンは微笑した。「いささか混乱しているとはいえ、かれらは正直だから。きみはどうするつもりだ？」

「ナムロングになにがあるというんだ？　イマーゴがナムロングにいると考える根拠は？」そこでようやく、質問されていることを思い出したようだ。「ヴェンノク艦十二隻がナムロングに向かっている。現状ではそれ以上を危険にさらすことはできない」

「攻撃はひかえたほうがいい」ローダンがいった。「ベングエルとジュアタフがただちに脅威になるとは思えない」

　通信が切れる。ナムロングに接近していた百隻は減速を開始していた。

「予想したほど速度が落ちていません」《レダ》が報告する。「低軌道に乗ろうとしているようです。そうでなければ、すでにコースを変更しているはず」

　画面の端に一群のちいさな光点があらわれた。十二個ある。レン・ノがいっていたヴェンノク艦だろう。別画面で曇った夜空を切り裂いて電光がはしる。

「保安パトロール部隊の通信周波数で回線を開け」ローダンが《レダ》に指示した。

「ヴェンノクと話をする必要がある」

「回線を開きました」と、《レダ》。

半時間後、ベングエル艦とジュアタフ艦百隻が高度三百キロメートルの惑星周回軌道に乗った。ヴェンノクの部隊はそれに接近し、異艦隊を近くから監視している。

「奇妙です」《レダ》がいった。「ジュアタフ艦とベングエル艦がちょうど五十隻ずつになっています。本隊のほうも、わたしが見たかぎりでは、やはり二種類の艦が同数存在しています。共同で行動する場合、つねに艦の数を同じにするという決まりがあるようです。たんなる平等主義ではなさそうに感じます」

その不吉な言葉をそれ以上追究することはできなかった。百隻の部隊にさらに変化が生じたのだ。最初はまるで各艦が分裂したかのようだった。だが、すぐにべつの種類の光点が表示される。ぜんぶで二十三個、恒星間宇宙船の光点にくらべるとちいさく、光も弱い。ベングエルとジュアタフが搭載艇をスタートさせたのだ！

二十三隻の搭載艇はたちまち母艦をはなれ、ナムロングに降下しはじめた。ヴェンノクの部隊も動きだし、急加速で搭載艇を追いかける。

「ヴェンノク部隊の指揮官につなげ！」と、ローダン。「まさかおろかにも……」

その先はいえなかった。ヴェンノク艦から閃光がはしり、一搭載艇が燃えあがってちいさな雲になり、その雲がひろがって光点が消えた。ローダンは衝撃を受け、のこる二十二隻の搭載艇が迷いなくコースを維持するのを見つめた。軌道上の母艦もヴェンノクに対抗するようすはない。

「反撃していない！」テラナーは歯嚙みした。「そんな相手を攻撃するなんて、どんな蛮族なんだ？」

＊

《レダ》がコンタクトする前に、さらに二隻がヴェンノクのはげしさを増した攻撃で消滅した。ローダンは怒りに震えながら、ラジオカムの画面にあらわれた相手に目を向けた。

「レン・ノ！　そこでなにをしている？」と、思わず大声をあげる。

「指揮艦に乗っている。ケルトゥウルがみずから……」

「攻撃をやめさせろ！」テラナーはわれを忘れて叫んだ。「相手がまったく無抵抗なのがわからないのか？　それで文明化した種族だと？　無抵抗の相手を殺すのが文明なのか？」

「かれらは……ロボットとベングエルにすぎない」レン・ノはいいよどんだ。ローダンのはげしい怒りを前に、明らかに当惑している。

「ベングエルは思考力のある知性体だ！　きみたちに殺す権利などない！」

映像のレン・ノが横を向いてなにかいった。言葉まではわからない。

「怒りの発作が功を奏しましたね」《レダ》が皮肉っぽくいった。「攻撃がやみました。

破壊されたのは四隻です」

　レン・ノがふたたび正面を向く。狼狽《ろうばい》しているようだった。

「どうすればいいのだ？」と、困ったようにたずねる。「ベングエルとジュアタフがナムロングの美しい世界を蹂躙《じゅうりん》するのを、黙って見ているのか？」

「二十三隻の搭載艇で世界を蹂躙などできない」ローダンの怒りは頂点をこえ、声には疲労と嘆きが感じられた。「ベングエルかジュアタフと対話は試みたのか？　搭載艇がスタートしたあとで？」

「いや」レン・ノがいいにくそうに答える。「ここ数日、ずっと呼びかけに応じないので、むだだと思って……」

「だったら、着陸しろ。通信はもう手遅れだろう。向こうもあと数分で着陸する。その近くに降りるんだ。ただし、一隻だけで！　ベングエルとジュアタフが搭載艇から出てきたら話しかけろ」

　一瞬、レン・ノは怒って拒絶するのではないかと思えた。背後でだれかがなにかいっているようだ。かれはわずかに首を横に向け、そのあと譲歩した。

「いうとおりにしよう」

　ローダンはふと思いつき、カルタン人にいった。

「なにをするにせよ、きみだけが行くんだ！　ヴェンノクは全員、艦から外に出すな」

レン・ノは疑わしげにかれを見た。

「どういうことだ？」

「あとで話す。いまは説明している時間がない。とにかくいったとおりにしてくれ」

「いいだろう」レン・ノは不安そうだ。

次の瞬間、接続がとぎれた。

*

ローダンとベオドゥは息詰まる興奮をおさえ、ベングエルとジュアタフの十九隻の搭載艇が平原に降下してくるのを見守った。《レダ》が表示しているのは赤外線映像で、丘の南にひろがる平野はまだ夜の闇に沈んでいる。《レダ》はすでに着陸地点を予測していた。ほんの三キロメートルしかはなれていない場所だ。

搭載艇のうち八隻は同じ種類だった。《レダ》はエネルギー放射から、そちらがジュアタフのものと判断した。のこりのうち十隻は形状こそさまざまだが、ほぼ同じ大きさだった。最後の一隻はほかのものの倍くらいある。乗員は《レダ》にもわからなかった。ただ、その大型艇に乗っているのがたぶんこの着陸部隊のチーフで、それ以外はベングエルとジュアタフが半々だったのだろうと判断できた。

保安パトロール部隊の攻撃でジュアタフ艇が三隻、ベングエル艇が一隻失われたことになる。ロボットがその思考中枢にどれだけ多くのバイオ物質を有していても、ロボットより有機生命体を重視する者は多い。この報告はそうした者たちにとってなぐさめとなった。

レン・ノを乗せたケルトゥウルの艦が上空から高速で降下してきた。緩衝フィールドが空気をイオン化し、夜空に数キロメートルもの輝くシュプールをのこすほどの速度だ。嵐の勢いはすでに弱まっていた。まもなく雨が降りだすだろう。

「コンタクト」と、《レダ》。「最初の一隻が着陸しました」

南の平原には草や灌木《かんぼく》が生えているだけのひろい空き地がたくさんある。《レダ》は地勢図を三次元表示した。ベングエルとジュアタフが着陸場所に選んだのは、ドリフェル・カプセルにいちばん近い空き地だった。

「ゾンデ射出」と、ローダンが指示する。「状況を近くから観察するため、マイクロゾンデが必要だ」

「射出ずみです」《レダ》が答えた。

画面に閃光がはしった。外部カメラが雷をとらえている。すでに十隻が着陸し、三列で等間隔にきちんとならんでいた。

ケルトゥウルの艦は空き地の上空一キロメートル半の位置でためらっている。ローダンはレン・ノの意図を予想した。ジュアタフとベングエルの着陸が終わるのを待ち、もっとも有利な位置に着陸するつもりだろう。

最後に大型艇が着陸した。三列にならんだ搭載艇の先頭の位置、空き地の北の端になる。同時にケルトゥウルの艦が動きだし、むちゃな機動で大型艇のすぐ横に着陸した。

「ゾンデの準備が完了しました。作動させます」と、《レダ》。

ゾンデはちいさな球形で、独自のエネルギー供給源にくわえ、強力なマイクロ・エンジンとスタビライザー、さらにシントロニクス制御の記録・送信機能をそなえている。《レダ》は五機のゾンデを射出した。それらはたがいに同期しながら部分的な映像を送信し、それを《レダ》のシントロニクスが合成して全体像を構成する。

搭載艇から乗員があふれ出た。どれも同じように見えるベングエルと、どれひとつ同じものはないジュアタフ・ロボットの群れだ。かれらは着陸した機体の列に沿って流れるように北に、空き地のはずれに向かった。

もう雨は降りはじめていた。風が草のあいだを吹き抜け、森の木々をはげしく揺らしている。だが、ベングエルとジュアタフ・ロボットは目もくれずに北に向かいつづけた。やがて先頭の大型艇の乗員も外に出てきた。《レダ》の予想どおり、ジュアタフとベングエルの混成部隊だ。

小型ヴェンノク艦の側面ハッチが開いた。エアロックの照明が闇のなかに漏れ出す。防護服姿の影が見えた。いうまでもなくレン・ノだろう。推進装置をふかし、イマーゴを探しもとめる者たちに雨をついて滑るように接近すると、大型艇の正面に着地する。

ゾンデは雨音と雷鳴と、揺れる木々のきしみを伝えてきていた。さらに、はじめて声が聞こえた。レン・ノが防護服の外部スピーカーを使い、雷鳴にも負けない大声を轟《とどろ》かせたのだ。

「とまれ！　平和的な意図できているとしても、ここはきみたちが足を踏み入れていい場所ではない。イマーゴがだれなのか、教えてくれればわたしのほうで……」

奇妙なことが起きた。先頭のベングエルとジュアタフがレン・ノに接近し、まるでかれがそこにいないかのように、わずかに左右によけるだけで素通りしたのだ。ロボットと有機生命体はあわせて百五十体くらいいて、そのすべてがイマーゴを探すこと以外、なにも考えていない。かれらはなにも感じていなかった……雨も、嵐も、雷鳴も、かれらに向けられたレン・ノの叫び声も。

ローダンの心の目に凄惨な光景が浮かんだ。死の本能に突き動かされたレミングの群れのように、自分のほうに押しよせてくる者たち。探していた相手を見つけ出したのだ。かれらがまわりを何重にもとりかこむ。

そしてそれがはじまった。ロボットとベングエルのからだから影のようなものが分離し、次々と融合していく。青白い閃光がはしる。ベングエルとジュアタフたちはばたばたと地面に倒れていった。

すべてが終わるまでに三十秒もかかっていないだろう。閃光がやみ、イマーゴを探す者たちはことごとく倒れ伏し、そのまんなかにかれだけが立っている。ペリー・ローダン……イマーゴが！

首を左右に振る。だめだ。そんな恐ろしい事態は絶対に起こさせない！

その間にレン・ノは作戦を変更していた。大型艇から降りてきたベングエルとジュアタフ・ロボットはまだその場に立っている。最後に動きだすつもりらしく、ほかの者たちが先に森に入るのを待っているようだ。レン・ノはかれらに近づいた。衝動的に一ベングエルの襟首をつかみ、自分のほうを向かせる。

「どうして質問に答えない？　警告に耳を貸さなければ、全員死ぬことになる。それがきみたちの望みなのか？」

ゾンデはその現場から数メートルのところまで接近していた。レン・ノとベングエルのほか、大型艇に乗ってきた数名の姿も見える。がっしりした体躯《たいく》のカルタン人とは対照的に小柄なベングエルは、大きく見開かれた目をレン・ノに向けた。トランス状態にあるようだ。

「われわれ、イマーゴを探している」感情のこもらない声がいった。「イマーゴを探すわれわれを、なぜ殺そうとするのか？」

「きみたちが禁断の地にいるからだ」レン・ノが憤然と答える。「イマーゴがだれなのか教えてくれれば、きみたちのところに送りとどけよう」

「あなたはイマーゴを知っている。そばにいるのを見た……われわれに話しかけてきたときに」

レン・ノは驚いて手をはなし、一歩後退した。

「わたしのそばに？　きみたちに話しかけたとき？」

電光のように理解が閃《ひらめ》いた。声が上ずる。

「異宇宙からきた異人……ペリー・ローダンがイマーゴ？」

「あなたはかれの名前を知っている。われわれは知らない」ベングエルが無表情にいう。

「それでもかれの放射はわかる」

「ゾンデを回収しろ！」ローダンが荒々しく叫んだ。「映像を消せ！　スタート！」

《レダ》が無言でしたがう。画面が暗くなり、ゾンデは森のなかを最高速度で飛翔した。

一分後に最後のゾンデがもどってくる。《レダ》が動きだした。高機能なスタビライザーのおかげで、嵐のなかでも揺れることはない。そこそこの速度で高度五キロメートルまで上昇したあと、カタパルトから撃ち出されたような最大価の加速で大気圏上層部を突破し、宇宙空間に出る。

ローダンは長いことゆったりとジョイントシートにすわったまま、じっと前方を見つめていた。ベオドゥは大きな友の考えごとをじゃましないよう、身動きさえひかえている。

《レダ》も無言だった。いささか恣意的なコースでアンクラム星系からはなれていく。

かなりの時間が過ぎ、ローダンはようやく背筋をのばした。

「二度とごめんだ！　ベングエルとジュアタフがイマーゴになにを期待していようと、けっしてかれらには近づかない」

「この現象は調査して、研究する必要があります」《レダ》がいった。「あなたにとって問題になる危険がありますから。あなたを神格視したベングエルとジュアタフが、役にたとうと大挙して押しよせてくるかもしれません」

この予言は的中するのだが、いまはローダンの怒りを買っただけだった。

「やめろ！　チャリフ星系にコースをとれ。カルタン人の故郷世界がわれわれを待っている」

＊

その計画は数日後には変更されることになった。《レダ》は通常空間に出るたびに、アンクラム星系関連の通信に熱心に耳をかたむけた。ベングエルとジュアタフはイマーゴが突然いなくなったことに気づいていた。イマーゴの放射が急に感じられなくなったのだ。だが、かれらはアンクラム星系をはなれようとせず、イマーゴの帰還を待つとレン・ノに告げていた。一万隻の合同艦隊には星系の最外縁まで後退することを納得させた。アンクラム・プロジェクトの障害になるとしても、そこなら影響は最小限ですむから。

だが、レン・ノはまだ満足しなかった。イマーゴ探索者を厄介ばらいしたかったから。アンクラム星系とチャリフ星系のあいだでかわされた通信を傍受したなかに、こんな内容のものがあった。

「メエコラーからきたペリー・ローダンという異人がチャリフ星系に向かっているはず。わたしが座標を教えたから。ペリー・ローダンがわれわれにとって、きわめて重要な存在であることに留意願いたい。かれは膨大な知識を有し、自身の体験としてメエコラーの状況を知っている。なお、ペリー・ローダンはベングエルとジュアタフの一部の者たちからイマーゴとみなされている……それがどういう意味なのかはともかく。プロジェクト機構の情報によると、現在アンクラム星系にはベングエルとジュアタフの大規模な合同艦隊がいて、イマーゴの帰還を待っている。当然、この艦隊はわたしのプロジェクトの障害となる。イマーゴ探索者をどこか遠くに呼びよせるようペリー・ローダンを説得できれば、艦隊をアンクラム星系から撤退させられるだろう。ペリー・ローダンの送信ポジションはすぐにわかるはずだから……」

ローダンは明らかにレン・ノの手になるこの通信文を読んでしばらく考えこみ、いまカルタン人の故郷世界を訪問するのは得策ではないと結論づけた。レン・ノがたよりになるのはまちがいない。かれだから〝説得〟で踏みとどまっているのだ。だが、プロジェクト機構のほかのメンバーはどうだろう？　ローダンを説得できないとなったら、かれにイマーゴの役割を演じつづけるよう、強制してくるのは目に見えている。

チャリフ星系訪問計画は白紙にもどし、その後数週間、ドリフェル・カプセルは広漠としたハンガイ銀河内をさまよった。傍受したハイパー通信からふたつのことがわかった。第一、ベングエル・ジュアタフ合同艦隊はまだアンクラム星系にとどまっている。第二、カルタン人は懸命にペリー・ローダンの行方を捜している。

その間に《レダ》はハイパーエネルギー・ベースで銀河内を探査し、奇妙なストレンジネス値をしめす、一千万個ほどの星々からなる物質集積を発見していた。あらたな目的地が見つかったのだ。《レダ》はその物質集積にコースを定めた。

6

「報告があります」と、《レダ》がいった。

ペリー・ローダンは考えごとを中断した。クロノメーターに視線を向ける。四四七年七月二日午前二時十二分。ナムロングの出来ごとに二時間以上もひたっていたのか！　四次元連続体の星空は消えて久しい。カプセルは四十五分前にハイパー空間に遷移していた。

「ベオドゥの夢が気になったので、記録保管庫を調べてみました」と、《レダ》。「保管庫はアクセスに時間がかかり、検索手順が面倒なことは知っているはず。それでも収穫はありました」

「きみのことだ、もうしばらく仔《し》細《さい》な説明をつづけて、わたしを焦《じ》らすつもりだろう」

ローダンが皮肉っぽくいう。

「とんでもない。五百標準年前、プラド＝ナムというネットウォーカーがいて、アブサンタ＝ゴム銀河辺縁部での任務につき、行方不明になっています」

ローダンはベオドゥの夢の話に出てきた名前を思い出した。

「プラド＝ナム……プラダアン……」ローダンは考えこんだ。

「グランジカル……グロンカル……」と、《レダ》。

「ちいさな友は夢のなかで聞いた名前をかならずしも正確に聞きとっていない」ローダンが指摘した。

「かれの言語感覚は、ソタルク語話者とはまったく違いますから。かれの母語は鳥のさえずりや鈴の音を思わせます。一方、ソタルク語はほとんどメロディを感じさせません」

「たしかに。では、ベオドゥが聞きまちがえたと仮定しよう。かれは夢のなかの世界でプラド＝ナムの亡霊に出会った。プラド＝ナムはネットウォーカーで、五百年前にヴァイラク＝ゴムで死亡した。ヴァイル人と永遠の戦士グランジカルとの戦いで、ヴァイル人側についたから」

「そうなります」と、《レダ》。

「なにがそうなるというんだ？」ローダンは憤慨しているふりをした。「きみとベオドゥはわたしに、かれがアブサンタ＝ゴム銀河とネットウォーカーの歴史の一部を夢に見たと信じさせようとしている！」

「夢で見たにせよ、ほかの方法で体験したにせよ、結果は同じです。この不思議な宇宙にはもっと大きな謎があります。よければわかっていることをすこし話しますが」

「聞こう！」

「ヴァイラク＝ゴムという世界は実在します」《レダ》が話しはじめた。「かつてそこにはネットステーションが置かれていましたが、これはグランジカルに破壊されました。そのため、現在のデータベースにヴァイラク＝ゴムは記載されていません。ですが、保管庫には記録がのこっていました」

「いうまでもないが、不思議な夢は細部まで一致していたんだな」ローダンがうめく。

「ヴァイラク＝ゴムの位置は？」

「ヴァイラク＝ゴムはアブサンタ＝ゴム銀河のはずれ、銀河ハローのなかにあります」

《レダ》の声に奇妙な響きがくわわり、ローダンは驚くべき事実が明かされようとしているのを感じた。「そこには四つの、目につく星々の集積があります。それらはたがいに隣接し、ドゥグン・シサワと呼ばれています。これはグランジカルのユーモアで、〝ふぞろいの兄弟〟を意味します。実際にはどれもほぼ同じかたちで、集まった星の数も、ちがいは数千個程度でしょう。グランジカルが居を定めた場所から夜空を見ると、ひとつの星団だけがほかのものの上に位置しているように見えます。そのため、この星団はドゥグ・ジュウ、〝長兄〟と呼ばれます。あとのものはドゥグ・チニすなわち〝末弟〟と、ドゥグ・ジャアフすなわち〝中間の兄弟〟です」

「なるほど！」ローダンは《レダ》の謎解きゲームに参戦した。「ヴァイラク＝ゴムはその星団のひとつにあるのだな」

「正解です。ドゥグ・チニのはずれにあります」

「しかもその球状星団は驚くべき大きさで、星々の数も多い」

「また正解です」

「それぞれが百二十五万個の恒星でできている」

「すばらしい知識量です」

「黙れ。からかうのはやめろ」ローダンは怒ったふりをした。「われわれは一千万個の星でできた物質集積に向かっている。たぶん通常宇宙からきたものだ。五百万個の星が構造も形状もぼやけた恒星集団をつくり、のこる五百万個は四つの球状星団に分かれている。これがふぞろいの兄弟だ」

《レダ》はなにもいわない。

「どうだ、正解か？」

やはり返事はない。

「なにを怒っている？　どうしてなにもいわない？」

「黙れ、と命じられましたから」と、《レダ》。

「その命令は撤回する！」ローダンは笑った。

「では、正解です」

「ドゥグ・チニに飛んでヴァイラク＝ゴムを見つけたら、ベオドゥの夢の意味がわかると思うか？」

「たぶんわかるでしょう」《レダ》が答えた。「どうしてそのことがそれほど重要なんです？」

「ベオドゥが不気味に思えてきているからだ。そんなことをかれにささやいた声が、どこからきたのか知りたい」

＊

《レダ》は何度もジャンプをくり返して、四つの球状星団に慎重に接近した。通常空間にもどるたびにセンサーで周囲を調べる。やがてあるとき……ドゥグ・チニの最外縁まであと数時間というところで……《レダ》が報告した。

「ハウリ語の情報コードによる解読不能な通信を傍受しました」

「どうして解読不能なんだ？」ローダンがたずねる。

「信号が弱すぎて、断片しか認識できないんです。ドゥグ・チニ内部の通信で、この距離で正常に受信できることを考慮していません」

ローダンは考えこんだ。

「球状星団のなかでハウリ人が恒星間通信をしているのか」と、つぶやく。「ドゥグ・チニは通常宇宙にあったもので、実際、こちらに着いたのは最近のはず。宇宙船同士の通信なのか、それともハウリ人がこの短期間で、もう基地を建設したのか？」

「通信の微弱さから考えて、仲間内のやりとりだと思います」と、《レダ》。「いずれにせよ、その質問には答えられません。ただ、ひとつだけ考えてもらいたいことがあります。ハンガイ銀河の半分はすでに通常宇宙に転移しています。ハウリ人もそのときいっしょに、メエコラーに転移していた可能性は排除できません。聞こえてきたハウリ語は、球状星団がタルカンに転移する前からドゥグ・チニにいたハウリ人のものかもしれません」

　ローダンは驚いて顔をあげた。なんという発想だ！　ハンガイ銀河はすでに四分の一ずつ、二度にわたって通常宇宙に転移している。テラの標準時で……カプセルのクロノメーターが信頼できるとしてだが……最初の転移が四四七年一月三十一日、二度めが同じ年の四月二日だ。ハウリ人が最初の転移でメエコラーにわたったとしたら、ドゥグ・チニに航行し、基地を建設することさえ可能かもしれない。ただしそれは、《レダ》の推測どおり、四つの球状星団が最近タルカンに転移してきたとしたらの話だ。《レダ》はストレンジネスの計測から、驚くべき計算結果を導き出した。どこからきたのかだれも知らない、五百万個ほどの恒星集団は、ふぞろいの兄弟の二カ月ほど前にタルカンに転移してきている。

二カ月。一月三十一日から四月二日まで！

頭が混乱してくるが、これが示唆しているのは、ハンガイ銀河の一部がメエコラーに転移するたび、ある程度の物質が通常宇宙からタルカンに転移しているということだった。ばかげた考えに思えるが、筋は通っている。

ベオドゥはこのなりゆきを大いによろこんだ。最初の夢で未来を予見できることが証明されたとするなら、こんどはべつの夢が現実になるわけだから……《レダ》がヴァイラク＝ゴムに着陸したときに。

ベオドゥは単純な精神の持ち主だ。かれの夢がどれだけ事態を複雑にするかといったことに関心はない。五百年前に異宇宙で起きたことを、どうして知ることができたのか？　ジュアタフとベングエルが昏倒して影のようなものが分離し、閃光を発して融合するというイメージを、だれがかれの下意識に送りこんだのか？　アッタヴェンノクがそんな疑問を持つことはない。ただ自分の見た夢がほんとうに未来を予見していると、証明されることに興味があるだけだ。

一方、もっと現実的な者の目には、それが宇宙間の出来ごとをつなぐ糸……ミンコフスキーなら〝世界線〟と呼ぶだろう……の、ひどいもつれのように見える。ジュアタフとエスタルトゥの関係や、ベングエルとジュアタフの関係はなんなのか？　カルタン人は物質をメエコラーに送り出しているが、受けとり側の責任者はだれなのか？　なぜハウリ人がドゥグ・チニにいるのか？　ぼやけた恒星集団はどこからきたのか？　一月三十一日に、どの銀河から五百万個の恒星が失われたのか？

《レダ》は自身の大胆な仮説に対するローダンのコメントを待っていたが、なんの反応もないので、とうとうこういった。

「コメントはないようですね」

「いや、とまどっているのだ」と、ローダン。「もうすぐベオドゥが起きてくるから、わたしは休息する。いまはどうしても休息が必要だ。ヴァイラク＝ゴムに安全に、だが、できるだけ早く着けるようにしてもらいたい」

*

アッタヴェンノクは多くを期待してはいなかったが、ヴァイラク＝ゴムはパラダイスのような世界だった。黄白色の主星の柔らかな光を浴びて緑の大地がひろがり、何本もの大河が縦横に流れている。大陸は三つあり、どこまでも青い海がそれをとり巻いて、惑星の顔をかたちづくっていた。両極にはちいさな氷冠が見える。陸地には丘陵にかこまれた平地がひろがり、大きな山脈は見られない。

《レダ》のプシオン・センサーは多数の動物の存在をとらえたが、反面、知性体は存在しないようだった。居住地や街道、規則的な形状の土地や耕作地は見当たらず、初期の技術をしめす電磁波信号も感知できない。

カプセルは時間をかけてヴァイラク＝ゴムを四周し、四周めが終わるころには惑星全体の昼の面を網羅していた。ベオドゥの頭部眼は《レダ》がうつしだす映像に釘づけだった。かれは二度の睡眠時間を犠牲にして、映像と夢を熱心に比較した。

「確実ではないが、プラダアンの亡霊と会ったのはあの湾のはずれだと思う。暗いグリーンの部分は深い森で、そこに古代都市の廃墟がある。亡霊とはそこで会った」

かれのいう湾は一大陸の南岸、北緯十五度くらいの位置にあった。《レダ》がセンサーを操作し、ジャングルの奥深くに広範囲にわたって無機物がひろがっていることを確認する。それが古代ヴァイル人の都市の廃墟だろう。

五百年前には都市が海岸線までひろがっていたにちがいないが、そのシュプールは見当たらなかった。海がすべてを洗い流してしまったようだ。

《レダ》は森の上を旋回し、着陸に適した場所を探した。同時に惑星大気から採取したサンプルを検査し、呼吸が可能だとわかる。通常の有機物をふくんでいるが、徹底した分析の結果、人類の……またヴェンノクの……肉体に危険な微生物はいないことが判明する。ただ一点驚いたのは、大気中の放射線量がこの種の世界で予想される三倍もあったことだった。五百年前の戦争の、最後のシュプールであることは疑いない。

廃墟の中心から四キロメートルの地点にちいさな空き地が見つかった。丘の頂《いただき》の部分で、たぶんその下にも廃墟が眠っているのだろう。《レダ》が着陸したとき、クロノメーターは四四七年七月五日午前二時五十五分をしめしていた。そのとき着陸した場所は午後早いくらいの時刻だったが。

＊

グリーンがかった薄明かりが森の分厚い天蓋の下にひろがっていた。被毛と尾のある動物が葉叢《はむら》のなかで鳴きかわし、かれらの生活領域にいきなり侵入してきた、見慣れない二名の姿を好奇の目で見おろしている。鮮やかな色彩の鳥の群れが枝から枝へと飛びまわり、大きなさえずり声をあげた。あたりは虫の音で満ちている。野生生物は侵入者を恐れていなかった。

ローダンはベトンに似た材質の巨大な一枚壁の残骸の前で、驚きに目をまるくしていた。いったいどんな役割をはたしていたのだろうと、むだなことを考える。建物の外壁ではなさそうだ。ヴァイル人の文明の発展段階を考えると、こんなかたちの防御施設を使っていたとも思えない。

ベオドゥはしきりに動きまわっていた。藪のなかから、プラド＝ナムの亡霊と出会った場所を探す音が聞こえてくる。ローダンは壁沿いに歩を進めた。ネット・コンビネーションのヘルメットを開いて、花の香に満ちた暖かい空気を吸いこむ。かれはかつてのここでの生活を想像してみた。ヴァイル人のことはよく知らないが、建物の壁には窓が口を開けていて、建築技法はテラのものとあまり変わらなかったらしいとわかる。

野生生物の立てる音はかなりのもので、下意識では気づいていたものの、笛や鈴のような音がすばやく連続して響いてきて、ようやくその音が意識にのぼった。目の前には広大な廃墟が開けている。音はそこから聞こえてくるようだ。廃墟に足を踏み入れる。数歩進んだとき、ベオドゥの声が聞こえた。

「ここだ、ワキアン！　見つけたぞ」

振り向くと人間大の壁の一部があった。その上まで藪が繁茂している。アッタヴェンノクが通り抜けた開口部が見えた。ローダンにはちいさすぎる。ローダンは手をのばし、もつれ合った蔓植物を引き裂いた。やや性急すぎたかもしれない。突然、自分がななめになった床の上に立っていることに気づく。あっと思ったときには数メートル下まで滑り落ちていた。

下のほうは暗かった。目が慣れてくると、頭上に煉瓦《れんが》の丸天井が見えた。地下室の一部だったのかもしれない。丸天井のさらに奥は真の闇だ。ローダンが胸の投光器のスイッチを入れようとしたとき、ベオドゥの声が地下室のなかから聞こえてきた。

「すまない、ワキアン。藪の先は急傾斜になっていると警告すべきだった」

「だいじょうぶだ。そこにおもしろそうなものがあるなら、どうして投光器を点灯していない？」

瓦礫を乗りこえて丸天井の下まで進む。最初に思ったほど暗くはなかった。深い藪を通して、うっすらと昼の光が射しこんでいる。目はすぐに慣れた。見るとそこは五メートルかける八メートルくらいの、長方形の部屋だった。ベオドゥが奥のほうにしゃがみこんでいる。

「プラダアンに会ったときは真っ暗だった」と、アッタヴェンノク。「条件が同じなら、また姿をあらわすかもしれないと思ったんだ」

「二千年以上生きてきて、死者の亡霊を見たことは一度もない」ローダンがからかうようにいう。「この歳になってそんな機会に恵まれるとは、とても……」

途中で言葉がとぎれた。地下室の左奥、ベオドゥからほんの三メートルほどのところに、淡い光がいきなり出現したのだ。光は強さを増しながら大きくなり、ついにはヒューマノイドに似た姿になった。三本脚で、からだは洋梨形だ。輪郭ははっきりしないが、頭部は植物を思わせた。不定形の核を葉のようなものがとりかこんでいる。

身長は二メートルを超え、ローダンよりもかなり高い。頭部の葉の下に見える口が動くと、音楽的な深い声が響いた。

「ヴァイラク＝ゴムにようこそ！　わたしはプラド＝ナム、クィルマン人のネットウォーカーだ。いまこれを聞いているなかにもネットウォーカーがいるはず。同意の刻印を持つ者だけが、わたしを目ざめさせられるから」

7

その瞬間に意識のなかでなにが起きたのか、ペリー・ローダン自身にも説明するのは困難だった。思考が渦巻き、混乱した。亡霊のせいではない。だが、ベオドゥはこの出来ごとを夢に見て、それが現実になったのだ！　それがかれに論理的な苦悩をもたらした。ちびはほんとうに千里眼の能力者なのか？

　亡霊が話しつづけた。

「未来のどこかでわたしを捜索しにくることはわかっていた。わたしは行方不明のエスタルトゥを探して、悪い時期にヴァイラク＝ゴムにきてしまった。収穫はなにもないいまま、永遠の戦士グランジカルに抵抗するヴァイル人の戦いに巻きこまれることになった。当然、勝つのはグランジカルだろう。ヴァイル人はあらゆる面で劣っているから。死がわたしを待っている。ヴァイラク＝ゴムが属する星系には標準路が通っていない。わたしはヴァイル人の側に立って戦い、死ぬだろう。

　いまはこうして政府庁舎の地下にかくれている。わたしを探しにくる者には政府庁舎の場所がわかるようにしておく……もう瓦礫の山になっているかもしれないが。探索者ならだれでも、この都市ジュリタクの中心地をまず探すはず。当面、ここがわたしの安息の地だ。

ネットウォーカー、たぶんきみはこうたずねるだろう。どうしてこんなことになったのか、ヴァイラク＝ゴムにはネットステーションが存在するのに、なぜ脱出しないのか、と。そうすべきだったかもしれないが、わたしは窮地にあるヴァイル人に共感したのだ。グランジカルに退路を断たれたということもある。かれは最初にネットステーションを攻撃した。なんらかの方法で、その存在を知ったのだろう。わたしの船はステーションのすぐ近くに駐機していた。高い山の上のほう、深く切れこんだ谷のなかだ。そのため、ここにとどまるしかなかった。報告しよう……」

そのとき、思いがけないことが起きた。クィルマン人の口が動かなくなり、声がとまり、一瞬遅れて輝きが消える。あたりが前と同じように暗くなった。目が亡霊の輝きに慣れてしまっていたため、なにも見えなくなった。

近くでがさがさと音がした。

「どうしたんだ？」ベオドゥが甲高《かんだか》い声をあげる。

「なんでもない」ローダンはおちついていた。「五百年は長い時間だ。見てみよう」

胸の投光器を点灯してひざまずき、地下室の床に積もった柔らかな土を両手で探りはじめる。煉瓦に突き当たるまで、どれくらいの深さがあるのかはわからない。たぶん二、三十センチメートルといったところだろう。天井に守られていたわけだから。

数分後、探していたものが見つかった。一辺が十五センチメートルほどの、四角い金属製の箱が光のなかに姿をあらわす。表面は腐食が進んでいて、すくなくとも一ヵ所、穴が開いてしまっていた。

「見ろ」と、ローダン。「これが亡霊の正体、映像と音声のプロジェクション再生装置だ。プラド＝ナムは死を覚悟して、言葉と映像をホログラムで記録し、その再生装置を都市のもっとも重要な建物の地下にかくした。ここならいずれだれかが見つけると考えたんだろう。実際、そのとおりになった」

ローダンは背筋をのばした。掘り返した土はそのままにしておく。

「でも、どうして急に話すのをやめたんだろう？」と、ベオドゥがたずねる。

「再生装置がとまってしまったんだ。わたしのプシオン刻印で動きだしたが、内部でなにかが壊れたんだろう。プラド＝ナムも、発見されるのにこれほど長い時間がかかるとは思わなかったにちがいない」

両名は地下室から這い出した。

「夢で聞いたのも同じ言葉だったか？」藪を抜けるとローダンがたずねた。

「似てはいたが、同じではなかった」と、ベオドゥ。「それに、プラダアンの話はもっと長かった」

「だろうな」ローダンはうめくようにいい、コンビネーションから土をはらい落とした。

「きみの夢のなかではすべてを話したわけだ。どうやってか、装置の故障を迂回して」

周囲を見まわし、都市の廃墟をこれ以上調べる必要はあるだろうかと考える。プラド＝ナムはここにエスタルトゥを探しにきて、なにも見つけられなかった。

「これからどうする、ワキアン？」

ローダンは探すべきものを思いついた。

「かつてここにはネットステーションがあった。プラド＝ナムは高い山の上の深い谷といっていた。そこにかれの船があって、ステーションのすぐ近くだと」小柄なヴェンノクに笑みを向ける。「質問の答えだ。ステーションの残骸を探しにいく」

＊

前述のとおり、ヴァイラク＝ゴムには大きな山脈は存在しない。

あのクィルマン人のメンタリティを考えれば、実際に最高峰に近いものでないかぎり、〝高い山〟とはいわないだろう。

首都ジュリタクの北七百キロメートルほどのところに東西にはしる山の連なりがあり、最高峰は七千メートルほどの高さだった。ローダンはそこから探索をはじめたいといい、

《レダ》も同意した。

「優先路に接していない世界では、ネットステーションは文明の中心地のできるだけ近くに、できるだけ目立たないように、苦労して設置されます」と、《レダ》が説明する。

都市の北側の土地はしばらく平坦なままで、濃密な森が藪がちの平原に変わっていった。大きな川が海に向かって流れている。

カプセルは低空を飛行した。ときおりガゼルに似た動物が《レダ》の影におびえて平原を駆け抜けていく。その後《レダ》は高度を一万メートルまであげた。平原が隆起して山の連なりになり、斜面をおおう森と、雪を頂いたぎざぎざの峰々が見えてくる。ローダンはいちばん高い峰から探索をはじめるべきだと考えた。ネットステーションは四本指を思わせる特徴的な形状で、負荷に強い金属でできている。山々を見るかぎり、五百年前にグランジカルがあたり一帯を重火器で破壊しつくしたようすはなさそうだ。ステーションは機能を停止していても、大部分は無傷だろう。それだけの大きさの金属塊を探すのは、《レダ》のセンサーなら造作もない。カプセルは最高峰の頂上から、外向きのらせんを描くように飛行していった。

ローダンは旋回をくり返すカプセルから、縦横にはしるクレヴァスや断崖やきらめく雪原に目を向けた。当面、やることがないのだ。ヴァイル人文明がどれくらいのあいだこの惑星で繁栄していたのかはわからない。かれらは入植者だった。ヴァイラク＝ゴムはかれらの故郷世界ではない。グランジカルがやってきて恒久的葛藤の教義にしたがうよう要求してくるまで、どれくらいのあいだ自由な発展を享受していたのだろう？　機会があれば《レダ》にたずねてみようと思った。保管庫にデータがのこっているかもしれない。

緩やかに傾斜する斜面の二キロメートル上空を通過する。斜面の上半分は雪におおわれ、下のほうはグレイの岩肌だ。斜面は北西から南東にのびる、鋭く切れこんだ断崖で終わっていた。断崖のすぐ上から植物が生育しているようで、グリーンの鈍いきらめきが見える。断崖の下は闇のなかだった。岩場に深い谷が刻まれている。

「反応あり」《レダ》がいった。「あの断崖の下に、宇宙船を半分建造できるくらいの量の金属があります」

ローダンは返事をしようとしたが、その前に《レダ》が船体を前傾させ、石のように急降下した。本来ならそんな急機動をすれば船内に慣性力が働くのだが、反重力装置があるのでなにも感じない。それでも視覚で感じる影響を無視するには精神的な努力を要した。崖の縁が急速に迫ってくるのを見て、思わず目を閉じそうになるのを懸命にこらえる。

カプセルは崖の端から二、三メートルのところをかすめ、闇のなかへと降下した。そのとき、《レダ》が金属塊のある谷底に向かう速度をいきなりゆるめた。

「どうした？」ローダンが驚いてたずねる。「どうして急に減速した？」

「来客です」と、《レダ》。「ヴァイラク＝ゴム近傍に一団の宇宙船が実体化しました。初期評価によると、ハウリ人の艦です」

＊

ステーションの残骸は部分的に岩に埋もれていたが、はっきりとかたちをのこしていた。グランジカルは数発の小型重力爆弾を谷に撃ちこんで終わりにしたらしい。爆発の範囲はちいさく、ステーションの外壁はまだのこっている。ただ、内部はおおむね粉砕されていた……つづけざまのはげしい重力衝撃で破壊しつくされている。

《レダ》のセンサーはすこしはなれたべつの場所にも有機金属の塊りを感知していた。ただ、完全に岩に埋もれてしまっている。ネットウォーカーのプラド＝ナムが駐機していた小型宇宙船の残骸だろう。その船体はステーションよりも脆弱で、爆弾で完全に破壊されていた。

ローダンとベオドゥはカプセルの外にいた。谷底は水平ではなく、北西に向かって緩やかに下降している。谷の幅は半キロメートル以上あるが、両側面には垂直の岩壁が立ちはだかり、それがはるか頭上でオーヴァハングしていて、午後の青空は髪の毛のように細くしか見えなかった。

谷底は不気味な世界だった。岩壁からは水が滴《したた》り落ち、家ほどもある巨岩が浸食作用で奇怪なかたちになっている。岩の割れ目には青白い葉の植物が育っていた。カプセルが着陸したのは北東の岩壁近くだった。そこにネットステーションがへばりつくように設置されている。足音が岩に大きく反響した。水滴の音もかなり遠くまで聞こえる。奇妙な外観をした翼のある動物が二名の侵入者の頭上をかすめ、しわがれた鳴き声をはなった。その声は一分近くも谷底に響きつづけた。

ローダンはすでにコンビネーションのヘルメットを閉じていて、ベオドゥもそれにならった。音響システムが外部の音を弱める。行く手に小川が流れていて、足を入れると細長い両棲類のような生物が飛び跳ね、ローダンのブーツに突進してきた。だが、素材が気にいらなかったらしく、すぐに獲物からはなれていった。

ステーションの後背部は瓦礫の山に埋もれていた。四本の指のような部分だけが崩れた岩の下から突き出している。ローダンとベオドゥは黒い金属壁に沿って慎重に進んでいった。壁には重力衝撃による、特徴的な気泡や亀裂が生じている。一ヵ所、壁が破れている場所があった。充分なかに入れる大きさだ。ローダンは投光器を点灯し、内部に踏みこんだ。

想像どおりの光景がひろがっていた。内部は爆発で粉々だ。壁も天井もむき出して、床にはくるぶしの深さまで灰褐色の埃《ほこり》が積もっていた。埃のなかには設置されていた機器の残骸が埋もれている。正体不明のちいさな金属片やプラスティック片で、どれも砂利くらいの大きさしかない。

その光景には死の息吹《いぶき》が感じられた。谷の動物たちさえ、ここには入りこんでこないようだ。グランジカルの攻撃はそれほど恐ろしいものだった。

ローダンは踵《かかと》を中心に一回転し、荒涼とした内部にぐるりと光をあてた。あとをついてきたベオドゥが埃を巻きあげ、光条がはっきりと筋になって見える。半透明の銀色の物質でできているかのようだ。

「ここではなにも見つかりそうにないな」ローダンが残念そうにいった。「グランジカルがすべて破壊してしまった」

その言葉はヘルメット・テレカムで《レダ》にも伝わって、すぐに反応があった。

「むしろ好都合です。すぐにその場をはなれてください。数分前、山の北側の平原に八隻のハウリ船が着陸しました」

カプセルはカルタン語を使ったので、ベオドゥにも理解できた。

「ここはひどく不気味だな、ワキアン」と、アッタヴェンノク。「その上、ハウリ人だって！　さっさとここからはなれよう」

ローダンが踵《きびす》を返すと、投光器の光が穴の向こうの薄暗い谷底を照らした。

「異論はない」かれはそういおうとしたが、その前に突然、意識のなかにつぶやくような声が響いた。

「まだもどるな！　先に進め。なにも見つけずに引き返すつもりか？」

8

ペリー・ローダンは振り返った。

「いまのはきみか、ベオドゥ？」と、とまどってたずねる。

「なにがだ、ワキアン？」

「なにかいわなかったか？」

「ひとことも、大きな友」

「わたしもです」《レダ》がいった。「あなたの身の安全のため、なにがあったのか説明してください」

「声が聞こえたんだ」と、ローダン。「心の声だ。先に進めといっていた。どうやら、なにかが見つかるらしい」

「だれのものかわからない心の声が聞こえるようになったのは、いつからですか？」

《レダ》がたずねた。「危険がないことを確認してください」

慎重に足を踏み出す。だが、いくら慎重になっても、一歩ごとに床から埃が舞いあがるので、何度も足をとめて埃がしずまるのを待たなくてはならなかった。やがてそれでは時間がかかりすぎることに気づく。

ローダンはグラヴォ・パックを使用した。グラヴォ・パックはハイパーエネルギー信号を発するので、ハウリ人が注意していたら気づかれてしまう。それは受け入れるしかなかった。いまは先に進みたい……死の雰囲気に満ちたこの場所から、この暗い谷底から。

ベオドゥは背後にひかえていた。かれも投光器は装備していて、その位置はヘルメット部分なので、光は飛翔するローダンを照らし出した。そこは細長い部屋で、かつては……異宇宙で……ネットウォーカーの宿所に利用されていた。

〝指〟、つまりステーションの四つの張り出し部分は、一本の長さが百メートル、太さが二十メートルほどある。いまはそれがまるで終わりのない、埃と瓦礫だらけの通廊に見えた。そのなかに投光器の光条が一本だけのびている。本来は多くのセクションに分割されていたようで、壁や天井のあちこちに扉の痕跡が見えた。ラボや武器庫、備品室や寝室や衛生設備があったはずの場所だ。ステーションの奥には格納庫もあって、小型のネットウォーカー船が待機していたはず。

床の上の埃や瓦礫を見るかぎり、数世紀のあいだそよ風ひとつ吹いたことがないらしい。ローダンは足をとめた。人間のこぶしの半分くらいの大きさの残骸があり、明るいグレイの表面に文字が見えたような気がしたから。水平に飛翔して降下し、その物体が目の前にくるようにする。クエリオンの文字で、ぜんぶは判読できなかったが、その残骸は制御卓の上部プレートだったらしい。そのすぐ上に装置を調整するためのボタン式スイッチがあったようだ。

〝指〟の長さの半分ほどは進んだはず。ベオドゥの投光器は背後の闇のなかの輝く光点でしかない。あの声はだれだったのか？　だれがかれに、〝先に進め、なにも見つけずに引き返すつもりか〟とささやいたのだろう？　幻覚だったと思いたいが、その声ははっきりと耳にのこっていた。また話しかけてきたら、すぐにそれとわかるだろう。

一瞬、自分もベオドゥのような夢想家になったのかと考える。実在しない声を聞き、その声に導かれたのだから。かれはささやきが真実なのかどうかを知りたかった。

投光器が前方を照らし出す。重力爆弾の攻撃にも耐えた、ひときわ頑丈な扉が見えた。さらに先を照らすと次の扉……の残骸……が、すくなくとも二十メートル前方にあるのがわかる。かなり大きな部屋だったようだ。たぶんラボだろう。

首を横に向けたとき、そのシンボルが見えた。すぐ目の前に……大きく、見まちがいようもなく。定規で引いたような直線が十センチメートルほどの深さで埃の上に描かれている。

シンボルは大きく、一辺がすくなくとも六メートルはあった。それが埃の上に刻まれている。

紛れもなくエスタルトゥのシンボルだ。正三角形のなかに三本の矢印。それがここに、手つかずの埃の上にあって、線は数日前に描かれたばかりのように鮮明だ！

ローダンがこの信じがたい事態を把握してわれに返るまでに、数分を要した。

「記録しろ！」と、ピココンピュータに指示。「細大漏らさず記録するんだ！」

「記録中です」ネット・コンビネーションの心臓であり頭脳でもある、自給型知性をそなえたシントロニクス・ピココンピュータの集合体が答えた。「《レダ》にも転送します」

「ああ、そうしてくれ」ローダンはそういいながら、第三の道のシンボルをじっと見つめつづけた。

＊

数分後、ローダンとベオドゥはカプセルが着陸した場所にもどろうとしていた。《レダ》はこんな言葉でかれらを迎えた。

「当面、ハウリ人のほうは心配ありません。恒久的な基地を建設しているようです」

映像が表示された。数機のゾンデがとらえたその映像は、典型的なハウリ船が八隻、この惑星タンバウウの上空にあらわれ、ネットステーションの廃墟に向かうのをとらえていた。艦首の先端が直径八百メートルの円を描くように円陣を組んで、北の平原に着陸する。艦そのものは全長三百メートルの、特徴的な三部構造だった。ちいさな艦首、大きな艦尾、そのあいだをつなぐ、細くくびれた部分。

艦にかこまれた円のなかにロボットが展開し、成形ずみの建材を運び出す。いくつかの建物の基礎はすでにできあがっていた。数日のうちにちいさな町が完成していそうだ。

「なにをしようというんだ?」ローダンが《レダ》にたずねた。

「わかりません。通信量がすくなく、情報も多くないので。ただ、明らかにヴァイラク=ゴムに住むつもりでしょう」

「外部世界との交信はないのか?」

「いまのところありません。ただ、建材の種類から見て、ひと棟はハイパー通信ステーションでしょう。作動するようになればわかります」

「われわれには気づいていないな?」と、ローダン。

「その徴候はありません」

ローダンは暗くなりかけた空を見あげた。

「夜になったら、ゾンデをあと二、三キロメートル接近させられるだろう」そのあと唐突に、目下の最大の関心事に話題をうつす。「ピココンピュータによる評価結果はどうなっている?」

「評価は終了しています」と、《レダ》。

「それで？」

「まず、声がなんといったのか教えてください」

「〝まだもどるな！　先に進め。なにも見つけずに引き返すつもりか？〟だ」

「だれがいったのかを知りたいところです。未知の声の指示にしたがった結果、重大な発見がありました」

「埃の上にシンボルが描かれたのは、それほど前のことではない。きみもそう思うか？」と、ローダン。

「最大でも四日前でしょう」《レダ》がおちつきはらった声でいった。

＊

その情報を消化するにはすこし時間がかかった。シンボルが数日前に描かれた可能性はローダンも考えていた。だが、そんな信じられない事実が入念な分析で確認されたとなると、また話がちがう。

「埃の化学的組成と物性は判明しています」《レダ》が先をつづける。「ピココンピュータが広範囲を計測しました。溝の上部と底面の角がまだ崩れていません。あと二、三日もすれば、見てわかるほど崩れてくるはず」

「シンボルを描いたのはだれだ？」と、ローダン。

「ピココンピュータの測定でも熱のシュプールは見当たりませんでした。したがって、その質問の答えはわかりません。ただ、シンボル直近の埃の部分的な構造に、分子レベルでゆっくりと崩壊する不規則な構造が見られます。だれかが棒で埃にシンボルを描いたわけではなく、磁気ベースの装置が使用されたものと推測されます。知ってのとおり、埃には磁気に反応する物質が多量にふくまれていますから」

「しかし、だれが……？」

「その質問は無意味です」《レダ》が諭すような口調でいう。「完全に意図的にヴァイラク＝ゴムにおびき出され、あのシンボルを見せられたということのほうが重要だと考えます」

「どういうことだ？」

「考えてみてください。わたしが観測した結果、ハンガイ銀河のはずれにある物質集積に異常なストレンジネス値が見つかりました。それに興味を惹かれ、あなたは通常宇宙にもどる手がかりがそこにあるかもしれないと考えた。ただ、それは漠然とした希望にすぎませんでした。ほんとうに興味を持ったのはベオドゥの夢の話を聞いたあと、とりわけ、わたしが夢と現実のつながりを指摘してからでした」

「いいたいことがよくわからないな」と、ローダン。

「ベオドゥが夢を見たのが四日前です。ネットステーションの廃墟に積もった埃の上にエスタルトゥのシンボルが描かれたのも、最大で四日前です」

そのあとは沈黙がつづいた。ありえない考えだ。だれかが……未知の異質な力が……ベオドゥに夢を見せ、そのなかでネットウォーカーのプラド＝ナムと出会わせ、惑星ヴァイラク＝ゴムの驚くべき歴史を語り聞かせた。ヴァイラク＝ゴムはこの宇宙に属する惑星ではなく、二カ月前に……四つの巨大な球状星団の恒星や惑星とともに……メエコラーからタルカンに転移してきたのだ、と。

よし。未知のだれかがベオドゥに夢を見せた。《レダ》がデータを検証し、ベオドゥが描写した世界が実在すること、そこにかつてプラド＝ナムという名のネットウォーカーがいたこと、そのネットウォーカーが五百年ほど前に行方不明になっていることがわかった。あのときローダンは、これが偶然の一致であるはずがないと考えた。ヴァイラク＝ゴムを訪れ、そこにベオドゥの夢が事実だと証明するものがあるかどうか、たしかめなくてはならない、と。

結果はどうだった？　なにか見つかったか？　もちろんだ！　プラド＝ナムの亡霊と出会い、じつはそれが記録されたプロジェクションだったとわかった。ネットステーションの廃墟の存在を知り、谷底におびき出された。発見した廃墟には埃と瓦礫があるだけで、引き返そうとしたとき、〝もっと探せ〟と声が聞こえた。その結果、埃の上に描かれた三角形のシンボルを発見した。エスタルトゥのシンボルを！　《レダ》によれば、それが描かれたのは四日前だという。

　それでもまだ疑いがあった。かれはほんとうに……《レダ》がいうとおり……ここにおびき出されたのか？

「きみには退屈な質問かもしれないが」ローダンが暗い声でいう。「わたしが知りたいのは、なぜあそこにおびき出されたのかということだ。その疑問は、埃の上にシンボルを描いたのはだれかという謎が解けるまで解消しない」

「あなたにはショックをあたえるかもしれませんが」《レダ》がローダンのまねをしていう。「こうは考えられませんか？　それはエスタルトゥ自身だ、と」

9

ハウリ人の新基地建設は夜通しつづいた。平原の草地の上空五百メートルに三台の強力な太陽灯が浮かび、八隻の宇宙船の着陸地点から数キロメートルの範囲で闇の侵入を退ける。できるだけ早く建設を完了させたいようだ。ハイパー送信アンテナもかたちになりはじめていた。大きさから見て、かなりの高出力と思われる。たぶんハウリ人の故郷世界やヘクサメロンの本拠地との通信を想定した施設だろう。ハウリ人はハンガイ銀河の外縁部や中心部に、ここと同じような基地を多数建設しているにちがいない。どこで受信するにせよ……数万光年の距離があるはずだから。それだけはなれたところと通信するのは、送信機一台では不可能だ。リレー・ステーションがいくつも存在するはず。

ペリー・ローダンはベオドゥと《レダ》とともに、ネットステーションにシンボルを描いたのがほんとうにエスタルトゥなのかどうか、検討を重ねてきた。かれにとってのいまの疑問は、超越知性体がどんなかたちであらわれ、なぜ姿を見せないのかという点にあった。これに関しては《レダ》も情報を提供できない。エスタルトゥがここにいたはずというのも論理的な推論にすぎなかった。

　夜が明けるとローダンは休息をとった。次々とさまざまな出来ごとが起きたため、二度の休息時間に休めておらず、疲れきっていたのだ。

　充分に休息させようという《レダ》の配慮だろう、目ざめたときには正午近かった。カプセルの声が聞こえた。

「おはようございます。ハウリ人は送信施設を完成させました。建設していた住居はすでに屋根もできて、乗員の一部はそちらにうつっています。送信機は試験中で、きょうの午後には本格的に運用が開始されるでしょう」

　ローダンは衛生セルでゆっくり時間をかけたあと、ベオドゥとともに食事をした。《レダ》は陽光を浴びた北の平原と、八隻のハウリ船が着陸しているようすを映像で見せていた。ひろい建設現場だったものは、ローダンが寝て起きたらちいさな都市になっていた。いちばん目を惹くのはハイパー送信機のアンテナだ。

　銀色に輝く金属が反重力フィールドで安定をたもち、無数のコイルでできたアンテナは五百メートル以上の高さにそびえている。

　建物のあいだを活発に動きまわっているものが見えた。貨物ロボットが建物に設置する装置類をあちこちに運んでいる。ヴァイラク＝ゴムのハウリ人基地は通信に特化している印象だった。

「あれを見ろ！」ベオドゥがいきなり声をあげた。

ローダンも同時に緊張する。小型浮遊機が宇宙船にかこまれた区域を抜け出し、かなりの速度で南進して、ゾンデに接近してきていた。ゾンデのエネルギー消費はその能力に比例し、《レダ》のゾンデは高出力装置を使用している。信号をまき散らしているので、一キロメートルの距離からでも容易に探知できる。

《レダ》は即座に反応した。ゾンデが急いでその場をはなれると、浮遊機は一見、後退するような動きを見せた。実際には谷に接近しつづけている。

「これは危険かもしれない」と、ローダン。「なにが狙いだろう？　われわれが探知された可能性はあるか？」

「その可能性は低いでしょう。すくなくとも、現状では。ただ、向こうが装置の設置を進めるほど、危険は大きくなります」

「ゾンデを呼びもどせ」と、ローダンが指示する。「ベオドゥとわたしは浮遊機に接近してみる」

「グラヴォ・パックを使ったら、さらに探知されやすくなります」《レダ》が即座に指摘した。

「浮遊機の探知範囲に入る前に、持ち場についておきたい。むだにできる時間はない」

ベオドゥはすでに立ちあがっていた。ヘルメットも閉じている。ローダンとベオドゥは同時にカプセルをあとにした。

＊

谷の奥の岩壁の切れ目では積もった雪が凍っていた。切り立った岩のあいだを冷たい風が吹き抜ける。ローダンは慎重に場所を選んだ。ハウリ機がどちらに進むかわからないのだ。この切れ目を通過したら、谷底のカプセルを発見されるのは避けられない。べつの方向に進めば危険はない。

前者だった場合はハウリ人を足どめする必要があった。後者なら、《レダ》がいいというまで待機していればいい。

「探知しました」ピココンピュータがいった。「浮遊機は三キロメートル先にいて、中速で接近しています」

ローダンは切れ目の北の端から前方を見わたした。三キロメートルまで接近しているなら、このあととれるコースはかぎられている。右か左によって岩壁沿いに飛ぶか、まっすぐ切れ目に向かうかだ。

「二キロメートル。高度をあげています」

ローダンはベルトの武器を抜き、アッタヴェンノクにうなずきかけた。ベオドゥが頭翼を揺らす。〝いつでもいい〟くらいの意味だ。浮遊機が見えてきた。切れ目の向こうのきらめく光点だ。行く手に危険があることに気づいているかのように、かなり速度を落としている。ハウリ人はすでにドリフェル・カプセルを探知しているのだろうか？

浮遊機が時速十キロメートルにも満たない速度で岩壁の切れ目に進出。地上五メートルくらいの高度を維持している。機体の構造は簡素だった。下部は円形の金属製で傾斜した外殻があり、上部は乗員用キャビンをおおう透明なドームで構成されている。ドーム内にはハウリ人がひとりいて、油断なく周囲に目を配っていた。

ローダンはかくれ場の巨岩の陰に身をひそめた。ベオドゥは十メートルほどはなれた場所にうずくまっている。

「きみはエンジン、わたしは操縦士だ」ローダンが小声でいう。

「予定どおりに」ベオドゥがヘルメット・テレカムで応じる。

浮遊機が接近してきた。そのままのコースを維持するなら、ローダンのいる場所の二、三メートル下を通過するはず。

「機体になにかの防御手段はあるのか？」ローダンがおさえた声でたずねた。

「バリアはありません」ピココンピュータが短く答える。

数秒が過ぎた。浮遊機の金属製の外殻におさまったエンジンが軽《かろ》やかな音を立て、その音が岩壁に反響する。

「いまだ！」と、ローダン。

ベオドゥが跳びあがるのが見えた。小型で不恰好なインパルス銃が火を噴く。せまい切れ目に擦過音が響いた。ローダンが掩体《えんたい》から身を乗り出す。一瞬、眼下にハウリ人の恐怖にゆがんだ顔が見えた。麻痺銃のビームがガラスのドームをなんなく通り抜け、ハウリ人がぐったりとなる。警報を発する余裕はなかったはずだ。

浮遊機の下部から黒煙が立ちのぼる。ベオドゥは正確に標的をとらえていた。機体が棒立ちになり、爆発音とともにシャーシが砕け、金属片があたりに飛び散った。浮遊機が横にかたむき、岩肌をこすりながら落下して、谷底に激突。あたりがしずかになった。

ローダンとベオドゥが上昇してくる。ローダンの第一の関心事はハウリ人の安否だった。操縦士はぐったりとシートにもたれ、二本のハーネスで固定されていた。外傷はなさそうだ。墜落しても無事だったらしい。ベオドゥがドームの開閉メカニズムを発見。ガラスのドームの上部が開いた。浮遊機はななめになって岩肌に引っかかっている。ベオドゥがまずなかに這いこんだ。乗員キャビンは直径六メートルほどで、クッション入りのシートが四つある。ドームの基部にはぐるりと技術装置が設置されていた。蓋を閉じた容器もいくつかある。物資の輸送用だろう。

ローダンはハウリ人のようすを調べた。かれらの生理はよく知らないが、脈拍は弱いながら安定し、息づかいも規則的だ。意識のないハウリ人の前にはちいさく簡素な制御卓があった。ドームの縁沿いにならんだ装置のどれかが、自動操縦機能をになう搭載コンピュータだろう。コンピュータの記憶バンクから、ハウリ人がどこからきて、ヴァイラク＝ゴムでなにを計画しているのか探り出せないかとしばらく考える。だが、かれはすぐにその考えを放棄した。第一、四人乗りの浮遊機の搭載コンピュータにもとめるデータが入っているとは思えない。第二、テラナーにとってハウリ人のコンピュータ技術は未知のもので、望むとおりに操作できるようになるには長い時間がかかるだろう。だが、いまは時間がない。浮遊機が行方不明になれば、すぐに気づかれるはず。そうなったら捜索隊が押しよせてくる。その前に《レダ》でヴァイラク＝ゴムから遠くはなれていなくてはならない。

「こんなものを見つけた」ベオドゥがいった。

ローダンにもよく見えるようにかれが持ちあげた物体はねじれたシリンダー形で、四十センチメートルほどの高さがあった。シリンダーは大理石かそれに似た物質でできた、円形の台座に固定されている。シリンダーそのものの材質は不明だ。金属にも鉱物にも見える。ベオドゥがその物体をひっくり返すと、色とりどりのきらめく光がねじれたシリンダー内を何度も往復した。ベオドゥが動かすのをやめると、光のかげんに応じて赤、グリーン、ブルーの柔らかな光をはなつ。

ローダンは衝撃のあまり、しばらく身動きできないほどだった。

「なにかまずかったか、ワキアン？」ベオドゥが不安そうにたずねる。

ようやくわれに返ったローダンは、一語一語を区切るように言葉を押し出した。

「番人の……失われた……贈り物だ……！」

*

《レダ》の声が遠くから響いてくるかのようだった。

「探知機のデータから見て、当面、危機は去ったようです。最短距離で帰還して、すぐにスタートすることを提案します。あなたがいまいっていたその物体は、持って帰るのがいちばんいいでしょう」

ローダンはまだなかば茫然としたままアッタヴェンノクに近づき、きらめくシリンダーを受けとった。見た目に反してずいぶん軽い。

ローダンはドームの開口部から外に出て、グラヴォ・パックを作動させた。ベオドゥも同じようにしたのが音でわかる。

「いったいなんだ……〝番人の失われた贈り物〟とは？」

「あとだ」と、ローダン。「《レダ》のいうとおり、すぐにもどらないと」

グラヴォ・パックの出力をぎりぎりまで絞り、速度をあげずに岩の切れ目の南端をめざす。そこを過ぎたら谷底まで降下し、岩の質量でハウリ人の探知機から自分たちを遮《しゃ》蔽《へい》した。グラヴォ・パックの速度を最大まであげ、数分後にはカプセルの着陸地点に到着。

ローダンは番人の贈り物を、ふだん食事をするのに使っているテーブルの上に置いた。

「それに関してはあとで話しましょう」と、《レダ》。「浮遊機のハウリ人はどうなりました？」

「乗っていたのはひとりで、麻痺させた。人間だったら、すくなくとも五時間は回復しないだろう」

「ハウリ人ですから、時間はあてになりません」《レダ》が指摘する。「早めに回復して警報を出されたら、ここに押しよせてくるでしょう。ただちにスタートすることを提案します」

ローダンの頭のなかは、まだベオドゥが発見したもののことでいっぱいだった。それでもかれは《レダ》が主導権を奪おうとしていることに気づいた。

「おやおや」と、皮肉っぽくいう。「わたしが自力で……もちろん、きみに協力してもらって……くだす決断が、もう信頼できないのか？」

「ばかなことを！　いまのところ、すぐにスタートできるハウリ船はありません。エンジンの放射でわかります。いまスタートすればハウリ人の意表を衝くことができ、追撃を考える必要はありません。ですが、今後数時間で、すくなくとも一隻はスタート準備を終えるはず。そうなったら、ハウリ人はすぐに追ってきます」

「なぜわかる？」

「最初の送信のあと、すぐに応答がありました」と、《レダ》。「それでわかったんです」

「通信内容は？」

「読みあげるのはかまいませんが、ここに長くとどまるほど、危険は大きくなります」

「わかった」ローダンは心を決めた。「まずスタートして、ヴァイラク＝ゴムから数光年はなれる。ハウリ人の通信内容はそのあとで聞こう」

かれの視線がねじれたきらめくシリンダーに落ちた。

「それで、これのことはだれが説明してくれるんだ？」

＊

脱出は成功した。《レダ》が山陰から上昇し、ヴァイラク＝ゴムの濃い大気圏から宇宙空間に飛び出したあと、しばらくはいくつかのハイパー・チャンネルで慌ただしく通信が飛び交った。ハウリ人基地がカプセルのスタートに気づき、周辺のハウリ人施設に、未知の何者かがヴァイラク＝ゴムの通信ステーション……ハウリ人は〝ベフザル〟と呼んでいる……の設置を目撃した可能性があると知らせる通信だ。

その後《レダ》はハイパー空間に遷移し、数十光年はなれた位置にあらわれたときには、ヴァイラク＝ゴムからの警告通信はもうやんでいた。

　カプセルはほとんど推力をかけず、宇宙空間に浮かんでいた。二十光年以内に恒星はない。球状星団ドゥグ・チニの辺縁部だ。星団最外縁の最後の恒星の彼方には虚無空間がひろがっていた。ハンガイ銀河のいちばん近い渦状肢の先端まで、八千光年以上の距離がある。

「通常業務にもどる準備ができました」ハウリ人のハイパー通信に関する最後の報告を終えると、《レダ》がいった。「なにからはじめますか？」

　ローダンは番人の贈り物を置いたテーブルの前に腰をおろした。ベオドゥはジョイントシートにすわって寛いでいる。ローダンはきらめくシリンダーに手をのばした。

「これがどこからきたのか知りたい」

「ムウン銀河の、番人の失われた贈り物ですね」と、《レダ》。「あなたの推測どおりです。すでに不活性化していて、プシオン放射は発していないので、危険はありません。名前どおりムウン銀河のもので、最近はあなたの故郷銀河にも存在したことがわかっています。つまり答えは、銀河系またはムウン銀河からきた、ということになります」

「いいたいことはわかっているはず」ローダンはいらだちはじめた。「ふたつの星団はアブサンタ＝ゴム銀河にあったものだ。これまでのところ、番人の贈り物がアブサンタ＝ゴム銀河に出現したことはない。そうだな？」

「そのとおりです」

「ハウリ人は贈り物を、ムウン銀河か銀河系で入手したことになる」

「そうなります」

「つまり最初の物質転移でタルカンからメエコラーにわたったハウリ人が、熱心に活動したということ。あちこちを飛びまわり、その一部は……番人の贈り物を携えて……アブサンタ＝ゴム銀河を訪れ、ドゥグ・チニとドゥグ・ジュウとともにタルカンに逆転移した」

「凡庸な証明です」と、《レダ》。「当然、そうだったのでしょう。ほかに説明がつきませんから。ただ、ひとつまちがっているのは、ハウリ人がでたらめに飛びまわって贈り物を集め、〝ふぞろいの兄弟〟がタルカンに転移したとき、まったくの偶然でその場に居合わせたと考えている点です」

「ほう！」と、ローダン。「偶然ではなかったと？」

「わたしの考えでは、そうです。あなたより多くのことを知っていますから。つまり、ふたつのハイパー通信の内容を」

「わかった。聞こう」

「第一の通信はヴァイラク＝ゴムからハンガイ銀河のどこかにある未知の受信地に向けたもので、内容はこうです。〝ラパク・ネン・マアより高位預言者テルコアンへ。実験は成功、送信施設ベフザルの運用を開始しました〟

数分後にとどいた応答は次のとおりです。〝預言者テルコアンよりラパク・ネン・マア司令官へ。支配者ヘプタメルの祝福があるように。きみは大きな事業を成し遂げた。われわれの大いなる望みに資するだろう。急いでこちらに、本部にきてもらいたい。一至高者が直接報告を聞きたいといっている〟」

　ローダンは長いこと黙りこんでいた。あらたな視点が得られたのだ。《レダ》のいうとおり、ハウリ人は偶然ドゥグン・シサワにいたわけではなかった。実験が成功したという言葉の意味は、ハウリ人が四つの球状星団のタルカンへの転移に、直接関わったということ以外考えられない。

　惑星ベンタングでヴァッロ・パク・ドゥウルと話した記憶が蘇った。ヘクサメロンはカルタン人とその同盟者の行動を戦慄しながら観察していた。ハンガイ銀河がメエコラーに転移したらタルカンはその分の質量を失い、結果的に死にゆく宇宙の崩壊が遅れることになる。それはヘクサメロンの利益に反することだった。〝最後の六日間〟の信仰は、終わりの日である〝ゼロの日〟をできるだけ早く実現するため、すべての者に最大の努力をもとめているのだから。

　だとするとヘクサメロンは、カルタン人が減少させた質量をとりもどすため、メエコラーからタルカンに物質を逆転送させようとするのではないか。ハンガイ銀河全体の巨大な質量にくらべれば、一千万個の恒星集積などあってないようなものだ。だが、ラパク・ネン・マアは〝実験〟といっていた。まだ試行錯誤中とはいえ、二度の実験が成功しているらしい。通常宇宙からタルカンへの、大規模な質量転移がはじまろうとしているのではないか？

「第二の通信の送信ポジションはわかったのか？」ローダンがたずねた。

「完全には把握できていません」と、《レダ》。「方位と距離を算出する必要があって、距離はヴァイラク＝ゴムから四万八千光年ないし五万三千光年、方位は角度にして数秒まで絞りこめています。送信ポジションを割り出すのは、もうそれほど困難ではないでしょう」

「本部はあそこだ」ローダンがひとりごとのようにつぶやいた。「適切なコースを設定しろ！」

「そうなると思っていました。準備はすべて完了しています」

数秒後、カプセルはふたたびハイパー空間に遷移した。

「話は聞いた」大きなシートのクッションに埋もれそうになりながら、ベオドゥがいった。「だいたいは理解できたが、ひとつわからないことがある。番人の失われた贈り物とはなんなんだ？」

「よろこんで説明しよう」ローダンは居心地がよくなるよう、シートのなかでからだを動かした。「ただ、長い話になるから、ぜんぶ聞くには忍耐力が必要になる」

「忍耐力ならあるし、時間も充分だ。目的地に着くまで、しばらくかかるだろうから」

「いいだろう。よく聞け！　わたしの出身宇宙の、とある宙域に伝わる伝説がある。伝説といったが、そこにあるのはありのままの真実だけだ。内容はこうだ。

おとめ座の十二銀河には数多くの伝説があるが、ムウン銀河にまき散らされた宇宙でもっとも偉大で貴重な宝に関する伝説にくらべられるものはほかにない……」

10

四四七年七月十日午前八時十一分、ハイパー空間から復帰した《レダ》は現在ポジションを見定め、ヴァイラク＝ゴムで得たデータをもとにコースを設定した。目的地はまだ判然としない。すでに三万五千光年を移動して、ハイパーエネルギー性測定装置でも中心部に近い宙域の星々の集まりをぼやけた質量集積として感知できるほどにはなっているが、細かいところまではわからないから。

カプセルが宇宙の闇のなかを漂いながら次の遷移の準備をしていると、突然、周囲の宇宙が燃えあがった。大火事で飛び散る火の粉のように、探知画面がたちまち無数の……数十、数百の……光点でいっぱいになる。光点の出現がようやくおさまったとき、《レダ》はすぐ近くに実体化した宇宙船の数を千三百四十七隻と報告した。

陣形はほぼ球形で、カプセルはその球の中心に位置している。形状と放射から、《レダ》はそれをカルタン船と判断した。カルタン人がかれらを待ち伏せしていたのは疑いない。どうやって事前に出現ポジションを特定できたのかはわからなかった。

「通信です」と、《レダ》。

―スクリーンに長身のカルタン人男性がうつしだされた。服装は簡素で、コンビネーションはまるで制服のようだ。濃密な被毛は頭部を縦にはしる帯状の毛もふくめて濃い赤錆《さび》色で、全体に銀色の斑点が散っている。

だが、ペリー・ローダンにとって、それは些末《さまつ》なことにすぎなかった。かれの目はカルタン人の左胸の記章に釘づけだった。一辺が八センチメートルほどの黄色い正三角形のなかに、中心から三つの頂点をさす矢印が描かれている。

カルタン人は口を開きかけたが、ローダンが機先を制した。

「その記章はなんだ?」と、興奮した声で叫ぶ。

カルタン人は一瞬、勢いに飲まれかけた。

「この記章は……」いいかけて、すぐに自分が本来いおうとしていたことを思い出す。

「わたしはギル・ゴル、プロジェクト機構の一員だ。レン・ノが話していた異人のペリー・ローダンというのがきみだな。きみをチャリフ星系に連れてくるよう命令を受けている」一拍置いて、こうつけくわえる。「この記章は知識権限の中枢のシンボルだ。それで、同行するつもりはあるか?」

「エスタルトゥについてなにを知っている?」と、ローダン。

「異人よ、わたしがいっているのは……」

「答えろ！」ローダンが雷鳴のような声をはなった。

「なにも」カルタン人が明らかに気が進まないという顔で答えた。「言葉は聞いたことがある。レン・ノが口にしていた。きみがエスタルトゥを探している、と。だが、その存在についてはなにも知らない」

「どうしてわたしがここにいるとわかった？」

ギル・ゴルは自分の質問の答えを得るため、多くの質問に答えるしかないことを悟ったようだった。

「ハンガイ銀河全体がペリー・ローダンという異人を探している。きみのせいで多大な費用がかかっているのだ。偶然、きみの乗り物がハンガイ銀河の辺縁部に出現したのが探知され、コースを推測して、次に出現すると計算された領域に大規模な艦隊を展開した」

「どうしてわたしを探していた？　なにが望みだ？」

「ハンガイ銀河は大きな不安をかかえている」と、ギル・ゴル。「ジュアタフ・ロボット……と、きみが呼ぶもの……とベングエルは、イマーゴという存在を探している。かれらは宇宙船の大群で移動し、プロジェクト機構の活動の障害になっている。われわれ、きみがイマーゴだと知っている。プロジェクト機構はきみとわれわれ、双方の利益になる提案を用意している」

「どのような提案だ？」ローダンがたずねた。

「わたしには答える権限がない」

「わたしがチャリフ行きを拒否したら？」

「その場合は、きみを攻撃しなくてはならない」

ローダンは横を向き、やや声を落として、テラの言語で《レダ》にたずねた。

「チャンスはどれくらいある？」

「ゼロです」と、《レダ》。「強力な防御バリアはありますが、千三百隻以上の宇宙船から一斉攻撃されては、あなたを守ることはできません」

ローダンはギル・ゴルに向きなおった。

「要望にしたがおう」

カルタン人はほっとしたようすだった。髭が震えている。

「では、異人よ、きみの種族がもっとも強い合意を確約する方法はどのようなものだ？」

「有効な文書の作成をべつにすれば……名誉にかけた約束だな」ローダンがギル・ゴルの意図を察して答える。

「けっこう。では、ヴィナウまで同行すると、名誉にかけて約束するか？」

ヴィナウはカルタン人の故郷惑星で、チャリフはその主星だったはず。

「名誉にかけて、同行すると約束しよう」と、ローダンがいった。

約束を守る気がなかったら、約束などしていない。プロジェクト機構の自信を根底から揺るがす情報を持っているという確信がなかったら、約束を守ることはできない。ハウリ人はタルカン宇宙からの物質消失を、メエコラーからの物質転移で帳消しにしようとしている。これがプロジェクト機構にとっての爆弾情報でなかったら、すべてはおしまいだ。

＊

カルタン船はリニア・エンジンを使うが、ドリフェル・カプセルはハイパー空間を航行する。ギル・ゴルがローダンに、名誉にかけて約束させたのも無理はなかった。テラナーがその気になれば、逃げるのはかんたんなのだから。

二、三時間航行して、《レダ》がギル・ゴルから指定された座標に出現すると、前方に大きな黄白色の恒星が見えた。スペクトル型はＦ９Ｖだ。《レダ》はとくに急がなかったので、ギル・ゴルと千三百四十七隻の宇宙船はすでに待っていた。ふたたび《レダ》を中心に球形陣が組まれ、一行は星系の中心に向かった。半時間ほどして、ギル・ゴルから通信が入った。

「約束を守ってくれたことに感謝する、異人よ。きみがヴィナウに到着することは通知してある。きみの身分にふさわしい歓迎をするはず」

「わたしに身分などない。一民間人だ」ローダンはカルタン人がどの程度かんたんにバランスを崩すかたしかめようと、そういってみた。

ギル・ゴルの精神力はテラナーの機知に匹敵することがわかった。

「だったら、ふさわしい身分をあたえる必要がある」と、真剣な表情で答えたのだ。

「レン・ノから聞いているかぎりでは、かなり高い身分になるはず」

《レダ》は飛行しながら情報を収集していた。星系には大きさも物理化学的性質もさまざまな十二個の惑星があり、通信を傍受すると、熱帯のスコールのようにたくさんの通話がアンテナに降り注《そそ》いだ。

「恒星チャリフを中心として、ヴィナウは第二惑星になります」と、《レダ》がわかったことを報告する。「第三惑星はジャリプと呼ばれ、さまざまな種類の知性体が居住しているようです。そこからの通信には多種多様な情報コードが使われていて、ほとんどがわたしの知らないものなので。どうやらジャリプにはカンサハリヤの全種族の代表が住んでいるようです」

「のこる十個の惑星はどうなっている？」と、ローダン。

「さらに外側にある惑星は居住に適しません。散発的に通信はあるので、たぶん基地や研究施設が置かれているのでしょう」

「第一惑星は？」

「謎です」と、《レダ》。「なにもわかりません。そこから発信される信号はまったく理解不能です。ほかの通信内容から、第一惑星がナンサルと呼ばれ、アナンサルという衛星があることはわかりました。謎はもうひとつあります。その衛星アナンサルが見つからないのです」

ローダンはレン・ノとかわした最後の会話を思い出した。かれは〝ジュアタフについてわかっているのは、成長途中のナックの信頼できる世話役だということだけだ〟といっていた。タルカン＝カルタン人がナックという特殊な種族について話すのを聞いたのは、あれがはじめてだった。そんなレン・ノの言葉が、いま、あらたな意味を持つことになった。

「ナックの情報コードはわかるか？」

「そんなものがあることさえ知りませんでした」《レダ》がぞんざいに答える。「すくなくともふつうの、不死ではない者には、まったく知られていないでしょう」

「考えてみたんだが、ナンサルはナックの故郷世界かもしれない」

「ありえません！」《レダ》が言下に否定する。「そうだとしたら、この星系でふたつの知性体種族が生まれたことになります！」

「まれではあるが、いくつか例はある」と、ローダン。

「たしかに、たったいま発見した衛星のあり方は、ナックの奇妙なあり方に似合っていますが」

「アナンサルか？」

「そうです。従来の方法では存在を察知できません。ちいさな放射源のなかにかくれていて、重力中心としてのみ存在しています」

ローダンは耳をそばだてた。

「それはつまり……」

「アナンサルはブラックホールです」《レダ》があとを引きとる。「大きなものではなく、質量は十の二十四乗キログラム、地球の六分の一程度です。いまいった放射源は直径五キロメートルの降着円盤です。このブラックホールからは奇妙なハイパー放射が出ていて、これはまだ分析できていません。連続的な放射ではなく、短時間だけ、不規則に噴出するんです。あと数時間あれば、正体がわかると思います」

ローダンは笑みを浮かべてうなずき、ベオドゥを見た。

「どうやらおもしろいことになりそうだ」

カルタン人揺籃の地

エルンスト・ヴルチェク

登場人物

ペリー・ローダン…………ネットウォーカー
ベオドゥ……………………アッタヴェンノク。夢想家
ミ・アウワ…………………カルタン人。ローダンの接待役
ギル・ゴル…………………プロジェクト機構のメンバー。カルタン人
ダルフロル…………………同メンバー。ナック
フェルゲル…………………同メンバー。ヴェンノク
イスタム……………………同メンバー。グリオル
ペエレヴォム………………同メンバー。ペエルガテーター
マシュカム…………………同メンバー。マモシトゥ
セム・ト・タウタ…………同メンバー。プランタ人
トゥゾ………………………同メンバー。クーペラレ

1

冷たい吐息で目がさめた。

震えながら目を開く。あたりの奇妙なようすを見て、すぐに意識が覚醒した。一瞬で現実感をとりもどす。〝瞬間切り替えスイッチ内蔵〟という形容は伊達ではない。

そこは異宇宙タルカンだった。家族から遠くはなれ……次元障壁によって人類からも切りはなされている。

ペリー・ローダンはこの異宇宙でひとりきりだった。すでに数週間、数カ月、半年が経過している。

かれの放浪はハンガイ銀河外縁部により道したあと、カルタン人とナックの故郷であるチャリフ星系にいたった。いま、かれは第二惑星ヴィナウにいる。カルタン人の大都市ヴィン＝マラウの郊外だ。そこにある豪華な別荘に住み、腎臓形のエアベッドの上で目をさましたところだった。裸で、低い室温のせいでからだが冷えて目ざめたらしい。細胞活性装置がなかったら風邪を引いていただろう。

そこにきたのは完全に自分の意志というわけではないが、意に反して連れてこられたわけでもなかった。きた以上、カルタン人の故郷をもっとよく知りたい。いずれはきていたはずの場所だ。アンクラム星系のプロジェクト・リーダー、レン・ノから座標は聞いていたから。

部屋のなかはしずかで、手入れのいきとどいた庭が見えるパノラマ窓の外は暗かった。滑らかな天井に目を向け、別方向に視線を向ける。

ネット・コンビネーションを着用した首のない男が立っていた。道化《どうけ》師の衣装を身につけた、同じく首のない一ヒューマノイドの姿もある。両者はまるで衣服だけがそこに存在しているかのよう……子供のころに観たハリウッド映画の、透明人間を思わせる。

あれからどれほどの時間が過ぎたことか！　二千年以上だ。

だが、そんな些《さ》細《さい》なことでみずからの相対的な不死性を確認できるというのは、心安まる感覚ではないか？　宇宙の歴史をつくっている、あるいは、すくなくともそこに関与しているにもかかわらず、そんな記憶をのこしているというのは。

〝透明人間〟はいつまでも消えなかった。幽霊ではなく、現実だから。事情はかんたんだった。寝る前にネット・コンビネーションをカルタン人の衣装係に預け、かれがそれを空気で膨《ふく》らませていたのだ。ネット・コンビネーションのしわをとるため、アイロンをかけるかのように。

ローダンは道化師の衣装をじっと見つめた。眠りに就いたときは、そんなものはなかったはず。その意図を理解し、こういう。

「わが死体をこえていけ！」

その声はひろい部屋のなかで異質な響きを帯び、まるで壁に吸収されてしまったかのように、くぐもって反響もなかった。休息はとれたが、心地よく振動するエアベッドをはなれる気にはなかなかなれない。その贅沢を存分に味わう。ネット・コンビネーションの快適さをはなれて以来、ずいぶん久しぶりの快適さだ。

タルカン宇宙にきて以来、つねにストレスにさらされて、のんびりする余裕などなかった。いまもそれがなくなったわけではないが、すくなくともプレッシャーは感じていない。

事態をなりゆきにまかせる余裕があった。

ギル・ゴルはなんといっていた？

〝ハンガイ銀河は大きな不安をかかえている〟と。かれはローダンにその理由を告げ、こういったもの。〝プロジェクト機構はきみとわれわれ、双方の利益になる提案を用意している〟

ギル・ゴルはたぶん、アンクラム星系のレン・ノと同じような高い地位にいるのだろう。ただ、担当分野はまるで異なっている。アンクラム星系とちがい、チャリフ星系には転送ステーションが存在しないから。恒星チャリフと十二個の惑星に関する包括的なデータを提供した《レダ》が、このことにも気づいて、報告してきてもよかったはず。いや、とローダンは考えなおした。そもそもかれは内側の三つの惑星だけに目を向けていた。それ以外の惑星に興味はなかったから。

第一惑星はナンサルと呼ばれ、主星のチャリフから平均で一億一千万キロメートルはなれた軌道を周回している。ナックの故郷世界だが、ローダンの興味を惹いたのはそのことだけではなかった。ナンサルには衛星がひとつある。アナンサルというその衛星は、ブラックホールだった。二重惑星系と呼んでもいいくらいだ。ふたつの天体は同じ一点を中心にまわっているのだから。

第二惑星のヴィナウはカルタン人の故郷世界で、地球に似ているが直径はすこし大きく、重力が八パーセントほど強い……また、目ざめたローダンがすぐに気づいたとおり、気候はやや寒冷だ。空調を入れることもできたが、あらたな住環境で外気温との差を大きくしたくなかった。

第三惑星ジャリプは直径こそ一万六千五百キロメートルあるものの、密度が比較的ちいさいため、表面重力は〇・八七Gしかない。多様な情報コードによる通信が活発にかわされていて、《レダ》はこの世界が二ダース近い種族の坩堝《るつぼ》だと結論づけた。ハンガイ銀河を通常宇宙に転移させるため活動しているカンサハリヤ、二十二同盟の、全種族の代表がそこにいるのは明らかだった。

この星系でカルタン人とナックという根本的に異なるふたつの知性体が生まれたのは、きわめてまれなことだった。その原因はたぶんブラックホール・アナンサルにある。ナックの異質さもまたそれが原因だろう。

この点に関して、ローダンはまだ断定を避けていた。ただ、《レダ》の測定によると、ブラックホールは不定期にプシオン・エネルギーを放出し、それが惑星ナンサルの地表を文字どおり〝爆撃〟していた。この事実はナックがああなった理由を充分に説明している。

ローダンはヴィナウにゲストとして滞在しているが、このカルタン人の故郷世界のことをまだよく知らなかった。あるいはゲストではなく、捕虜といったほうが正確なのだろうか？

*

ローダンが乗った《レダ》をかこんでチャリフ星系まで誘導したのは、カルタン人の千三百四十七隻のトリマランだった。たった一隻の目立たないドリフェル・カプセルのために、千三百四十七隻とは！　ただ、惑星の地表まで案内したのはそのうちの一隻だけだった。正確には、《レダ》をトリマランの格納庫に収容し、首都ヴィン＝マラウ郊外に着陸してから解放するというかたちをとった。そこはカルタン人の豪華な別荘の専用着陸場で、別荘は家ほどの高さの植物の壁に三方をかこまれていた。のこる一方向には、眼下にひろがる町並みから海までを見わたせる絶景がひろがっている。

　トリマランは《レダ》を解放するとすぐにまたスタートした。ドリフェル・カプセルを出たローダンと同行者のベオドゥを、一カルタン人女性が庭で待っていた。

「ミ・アウワといいます」彼女が自己紹介した。「宿泊施設の説明のほか、質問にもお答えします」

　ただ、彼女は最初、ローダンの質問をのらりくらりとかわしつづけた。とても親切なのだが、同時に博物館を案内するツアーガイドのような印象だった。

「この別荘は調整センターが所有していて、ある意味、政府の所有といえます。ビザを取得したカンサハリヤの代表者がヴィナウに滞在するさい、ときどき利用しています。ヴィナウに住んでいるのはわたしたちの種族だけ……この惑星はカルタン人揺籃《ようらん》の地ですから。ジャリプにはどの種族も住むことができます。もちろん、あなたたちのようなゲストは歓迎します。

　別荘はヴィン＝マラウ宇宙港をふくむ旧市街をかこむ、二十の丘のひとつに建っています。丘の中腹、斜面の岩に建物の一部が食いこんでいて……絶景がひろがり、とくに夕暮れ時は最高です。

外界からはしっかりと遮断されていて、わたしも知らない保安設備がいくつもあります。わたしはあなたがたの安全が充分に保証されているのを知っているだけです。ここにいれば、じゃまが入ることはありません。

では、屋内の設備を案内しますので、ついてきてください」

「外の者たちと会いたいときはどうすればいい？」ローダンがたずねた。

ミ・アウワは目をまるくしてかれを見た。

「あなたの身分で？」

「どんな身分なんだ？」と、ローダン。「囚人か？」

「儀典にあるかぎりで最高の、名誉ある身分です」ミ・アウワは怒りだしそうだった。

「あなたの身分は特権保持者に匹敵する、事実上と同じものです。案内をつづけてもいいですか？」

「その前にゴン＝ウェンがなんなのか教えてもらいたい」

「ギル・ゴルはゴン＝ウェンの地位にあります。プロジェクト機構、シュオ＝ゴン＝ウェンの一員です」不承不承という感じの返答だった。

「特権保持者というのは？」

「保持すべき特権の調整者で、実務調整者の上位に位置します」

「では、実務調整者の下に位置する者は？」

「一般的な呼び方でいいですか？」

「ああ、たのむ」

「政府職員です」

「だとすると、われわれはずいぶん高い身分だな」

「ゴン＝ウェンのギル・ゴルはあなたの身分をさらに詳細に規定しています」

ミ・アウワは衛生設備、部屋の照明、空調、映像システムを説明し、上の階に十室ある寝室を案内してまわった。あらゆる種族に対応した設備がととのっている。ローダンには圧縮空気を使ったエアベッドが用意され、ずっと無言でつきしたがっていたベオドゥには、べつの翼棟にちいさな部屋と硬い寝台が割りあてられた。

「使い方はわかりますか？」案内が終わると、ミ・アウワがたずねた。

「わかりやすい表示があるから、だいじょうぶだ」ローダンは機能ボタンをさししめした。カルタン語の表示のほか、アイコンも添えられている。

「では、あとはおまかせします」急いで出ていこうとする彼女を、ローダンが手首をつかんで引きとめた。

「いや、もうすこし話を聞かせてもらいたい。ヴィナウでの生活のようすが知りたいから。カルタン人の日常生活はどんなもので……」

「ゴン＝ウェンのギル・ゴルがなんでも答えてくれます」彼女は早口でそういい、ローダンの手をもぎはなそうとしたが、それには力がたりなかった。背はローダンよりも頭ひとつちいさく、華奢《きやしや》な、ほとんど少年のような体格なのだ。しばらく揉《も》み合ううちに、ローダンは彼女の目に恐怖の表情が浮かび、ぴったりしたコンビネーションの下で体毛が逆立っているのに気づいてショックを受けた。

　ローダンが手をはなすと、カルタン人はおちついたようだった。そのまま逃げ出すだろうと思ったが、彼女はその場に立ちつくしたまま頭を垂れていた。好奇心と、異人のゲストをもてなしたいという思いが恐怖心を上まわったらしい。いったいなにを恐れているのだろう？

「わたしが異宇宙からきたことは知っているはず。メエコラーの出身だ。ハンガイ銀河はそこに転移することになっていて……すでに半分は転移を終えている！　わたしはそこで、はるか昔にタルカンをはなれたカルタン人と出会った。メエコラー＝カルタン人は女性が強い。彼女たちは戦士であり、どんな相手もどんな事態も恐れず、脅しにひるむこともなく、だれかが出したばかげた命令にしたがうこともない」

　ローダンの声は徐々に大きくなり、ミ・アウワはまるで悪魔に追いかけられているかのように、その場から逃げ出した。

「憐れだな」ローダンには、なぜあのカルタン人がかれと話すのをあれほど恐れているのかわからなかった。ミ・アウワの背後でドアがスライドして閉じると、かれは視線をベオドゥにうつした。

「どうしてずっと黙っているんだ？」と、アッタヴェンノクにたずねる。

「この異質な環境のなかで、夢のことを心配しているんだ、ワキアン」ベオドゥが小声で答える。

ローダンはため息をつき、映像装置のスイッチを入れてニュース番組を探した。だが、どのチャンネルもショーやドラマやコメディなどの軽い娯楽番組ばかりだ。コメディを見ても、ローダンには笑いのツボがわからない。

かれはあきらめてスイッチを切った。

「もう寝よう。ギル・ゴルがやってきて、状況を教えてくれるまで待つしかなさそうだ」

*

ローダンは寝るのにすぐに飽きてしまい、着替えてあたりを見てまわることにした。オレンジ色とブルーの道化師じみた衣服にちらりと目を向けて鼻梁《びりょう》にしわをよせ、ネット・コンビネーションに手をのばす。

スピーカーから人間の耳には不快なほど甲高《かんだか》い、笛が鳴るような音が聞こえた。

「ああ、なんだ？」

映像壁面にプロジェクション画面が生じ、ベオドゥの姿があらわれた。床に引きずるくらい長いローブをまとっている。そのローブが色のあらゆるスペクトルできらめいているのを見て、ローダンは目を疑った。

「もう起きてるかどうか、たしかめたかっただけだ」

「まだだったら、どうせ起こしたんだろう」と、ローダン。「その服はなんだ、ベオドゥ？」

「ヴィナウの流行に合わせて染めてみた。ミ・アウワが夜に持ってきたスプレーを使って。説明書によると、色はしばらくたつと勝手に消えるそうだ」

「あのカルタン人と話したのか？」と、ローダン。

「こっそり忍びこんできたので、気がついていないふりをした」ベオドゥが答える。

「あなたの部屋にも行って、メッセージを記録していったようだ」

「庭に出よう、ベオドゥ」ローダンはそういって話を終わらせた。ベオドゥのホロが消える。

ネット・コンビネーションは室温を十六度と表示していた。だが、室温は自分に合わせて設定しておいたはず。夜中にあのばかげた衣装を持ってきたカルタン人が変更したのだろう。

　ローダンは映像壁面のアイコンのなかから該当するものを探し、ミ・アウワのメッセージを再生した。

　映像はなく、音声のみの短いものだった。

「ヴィナウにおけるあなたの社会的身分にふさわしいローブを用意しました、ペリー・ローダン。このあと、あなたの話をまとめた報告書を作成します。ああいう話になるとは思っていませんでした。今後あなたと接触するのを禁じられるかもしれません。たぶんもう会えないでしょう。残念です」

　それだけだ。

　ローダンは部屋の明かりを消し、リフトで最下層まで降りていった。それでは一階層行きすぎで、庭ではなく、深さ二百メートルほどの断崖の上に突き出した、岩壁にかこまれた百平方メートルはあるテラスに出てしまった。

　植物に縁どられた断崖の端まで進み出て、ヴィン＝マラウの旧市街を眺める。ローダンはムーアふうの中世都市を連想したが、それは第一印象にすぎなかった。都市中心部の建造物はかなり古く、複雑に入り組んでいて、山のように積み重なっている。それらのあいだにさまざまなアンテナがそびえ、上空にはグライダーが飛び交っていた。

　ムーアふうと感じたのは白い建物が立ちならぶようすからだったが、宇宙港を擁《よう》する実際のヴィン＝マラウ旧市街は、むしろ石づくりのネイティヴ・アメリカン居住地だった。

宇宙港には数百隻、数千隻のさまざまな形態と大きさの船が繋留《けいりゅう》されていた。ほとんどが密閉されたゴンドラか、ベンチ型のブランコを思わせる。ローダンの見たところ、すべて空中に浮かんでいて、錨《いかり》で地表や海面に固定されているようだ。

踵《きびす》を返し、庭にあがっていく階段に向かう。

ベオドゥはもう《レダ》の着陸場所でかれを待っていた。ローダンは道化師じみた衣服を着用したアッタヴェンノクを見て、思わず相好《そうごう》を崩した。

「早く色が消えるといいな」ベオドゥの問うような視線を受けてそういい、さらにつけくわえる。「わたしはそんなばかげたファッションにつき合う気はない」

「それではどうやってワキアンとその下僕を見分けるんだ？」

「その必要があるか？」

ローダンはネット・コンビネーションのピココンピュータを通じてドリフェル・カプセルとコンタクトした。

「おはよう、《レダ》！」と、奇蹟的な性能を誇る宇宙船に、生物を相手にするように挨拶する。「周囲の環境について、一睡もせずに調べていたのだと思うが？」

「なにが知りたいんですか？」と、《レダ》。

「まず、われわれを保護するために導入したことになっている保安システムについてだ」

「どうして〝したことになっている〟なんです？」《レダ》はいぶかりながらも情報を提供した。「植物の壁の向こうにエネルギー柵があって、あらゆる物質を弾《はじ》き返します。生命体なら麻痺しますし、ロボットなら回路がショートします。海側の岩壁も同様のバリアで保護されています。空中から許可なく接近するものがあると、防御バリアが展開します。構造通路は一カ所だけで、そこはカルタン人の歩哨とロボットが監視しています。ただ、そこまで進出するには、まず外側の保安ゾーンを突破しなくてはなりません。この別荘に隣接する土地建物にはギル・ゴルの保安部隊が常駐しています。これは通信を傍受していて判明しました。コードを解読するのはかんたんでしたから」

「だれを守っているのか、部隊の兵士は知っているのか？」

「あなたの名前と外見は知っていますが、それだけです。かれらにとっては、免責特権を有する高位の外交官という認識です」

「わたしがこの場所をはなれようとしたら、かれらはどう反応すると思う？」

「なんともいえません」《レダ》が答えた。「そうした状況は、通信では言及されませんでしたから」

「だったら、実際にやってみるしかないな」ローダンがいった。「こい、ベオドゥ。ちょっと散歩しよう」

「気をつけてください」と、《レダ》。

ローダンは花をつけた灌木《かんぼく》の茂る庭を横切り、生垣と木々で通過できないように仕切られた場所に向かった。ベオドゥとならんで仕切り沿いに歩き、赤や黄色の花をつけた生垣のアーチの前までくる。門はないが、乳白色にきらめくバリアが行く手をさえぎっていた。まっすぐそこに近づいていく。

「だめだ、ワキアン」ベオドゥが背後から声をかけた。「麻痺させられてしまう」

だが、ローダンが腕をのばせばとどくところまで近づくと、バリアは消滅した。アーチの向こうにグリーンのコンビネーション姿のカルタン人四名が立っている。同色のヘルメットを閉じ、目と口の部分だけが見えていた。しかも武装している。ローダンが決然とした足どりで近づくと、かれらは銃身の長い武器をおろした。

「問題ない」ローダンが気軽な口調で声をかける。「ゴン＝ウェンのギル・ゴルから外出の許可は得ている。ちょっと出かけてくる」

カルタン兵たちは明らかに、この状況にどう対処すればいいのかわかっていなかった。二名がローダンとベオドゥの左右をかため、あとの二名があちこちに忙しく武器を向ける。わきについた者の片方が興奮したようすで、喉のマイクロフォンを使って連絡していたが、四名ともローダンに直接声をかける勇気はないようだった。

「見ろ、ベオドゥ、カルタン人はわれわれを畏怖するあまり、手を出すことができない」と、ローダン。かれらはすでに百メートルほど、柔らかく沈みこむ素材でできた道を進みつづけていた。「きっときみの鮮やかな衣服のせいだな」

ローダンとつき合いの長いアッタヴェンノクは、最後のひとことにこめられた皮肉を理解することができた。

「ヴィナウの流儀に合わせるべきだと思ったんだよ。それで、どこに行くんだ？」

「勘をたよりに、行けるところまでだ。《レダ》！　状況は？」

「探知中です」と、ドリフェル・カプセル。「あなたの独断専行で、保安ゾーン全体が混乱しています。あなたをどうあつかうべきか、ここにいるカルタン人はだれも知らないのです。上層部が行動指針をあたえていないせいです」

「ギル・ゴルもか？」

「かれはまだ介入していません」

「それならじゃまされずに旧市街まで行けそうだな」ローダンがいった。

頭上に浮遊機が二機あらわれた。昔のテラのヘリコプターからローターをなくしたようなかたちだ。機首に武器を装備し、ローダンとベオドゥの歩く速度に合わせて機体をすこしずつ旋回させている。

「なあ、わが友！」ローダンはマイクロフォンを使っていたカルタン兵に声をかけた。

「足を傷《いた》めたくないから、浮遊機で旧市街まで運んでもらいたい」カルタン人が茫然とかれを見つめる。ローダンはつづけてこういった。「これは命令だ！」

カルタン人がびくびくしながら喉のマイクロフォンに向かってまくしたてると、一浮遊機が降下してきて、ローダンとベオドゥの前方十メートルの位置に着陸した。操縦席の透明なドアが開き、二名のカルタン人が飛び出してくる。誤解しようのないしぐさで武器を振って、浮遊機に乗るよううながした。

「あらためて考えたんだが、われわれ……」と、ローダンがいいかける。

「これは命令です！」浮遊機から降り立った者の片方が叫び、脅すように武器を振った。

「ま、いい」ローダンは片手を振ってかれをなだめた。ベオドゥを先に行かせ、そのあとから浮遊機に乗りこむ。浮遊機は直後にスタートし、別荘に引き返した。

ベオドゥは見慣れた場所にもどれてほっとしているようだ。《レダ》がいった。

「必要なら力ずくで引きとめろという命令は、ギル・ゴル自身が出したものです。監視はあなたを麻痺させていたでしょう、ペリー。視察飛行がしたいなら、わたしを使ってください」

「そのときは連絡する」と、ローダン。「じつのところ、カルタン人をすこし刺激して、ギル・ゴルを動かしたかったんだ」

「その目的は達成できたようです。ギル・ゴルから連絡があって、話し合いたいそうです」

「なにかたのみごとかな？」

「直接なにかをたのむということではないでしょう」と、《レダ》。「命令口調でなにか依頼してきたとしても、断る必要はありません。あなたの名前で応じておきました」

2

《レダ》が三機の大型浮遊機の接近を報告した。二機は地表から二十メートルの位置で待機して制空権を確保し、のこる一機が着陸した。最初の六名のカルタン兵が飛び出してきて、うち二名が箱形の装置で周囲を調査する。あとの四名はブラスターをかまえた。そのあと合図を受けて、銀色の筋が入った赤錆《さび》色の体毛の、長身のカルタン人が降りてくる。着用しているコンビネーションは兵士たちのものよりも地味だった。

ペリー・ローダンはギル・ゴルとはじめて実際に顔を合わせたが、すぐに相手がわかった。最初のコンタクトが映像通信だったから。チャリフ星系から何光年もはなれたポジションでのことだ。

浮遊機は兵士たちを収容してスタートし、たちまち見えなくなった。以前と同じ、友好的で牧歌的な光景がもどってくる。ギル・ゴルの暗い表情だけは嵐の予感をふくんでいたが、ローダンは気にしなかった。ゴン＝ウェンがかたくなな態度をとるなら、それに合わせるだけだ。

「わたしの質素な屋敷にようこそ」ローダンはにこやかにいい、片手をさし出した。カルタン人はとまどいながらも鉤爪でローダンのてのひらに触れ、すぐにその手を引っこめた。ギル・ゴルがなにかいう前に、ローダンが話しはじめる。「きょうのコンビネーションにはエスタルトゥの記章がないようだな」

最初の通信時にはギル・ゴルの左胸に、正三角形とその中心から各頂点にのびる三本の矢印のマークがあったもの。

「ばかなことをいうな！」ギル・ゴルはいらだちをあらわにした。「あのときもいったとおり、あれは知識権限の中枢の記章だ」

「ま、いい。わたしはその知識権限の中枢に紹介してもらえるのか？」ギル・ゴルが大きく息を吸っていいかえそうとする機先を制して、ローダンが先をつづけた。「なかに入ろう。そのほうがおちついて話せるだろう」

ギル・ゴルは無言であとにつづき、一階の居住スペースに入った。壁の二面がパノラマ窓になっていて、ヴィン＝マラウと入江を見わたす絶景がひろがっている。途中、ローダンは偶然をよそおって空調のセンサーに手を触れた。ギル・ゴルにはすこし汗をかいてもらうことにする。

自動バアで冷たい飲み物を三つつくる。ベオドゥが当然のようについてきていたから。ギル・ゴルは渋い表情だ。かれらは窓ぎわの、クッションを置いた窪みに腰をおろした。

「なぜ警護の兵士を挑発した、ペリー・ローダン？」ローダンがストローを添えて飲み物をさし出すと、ギル・ゴルがたずねた。「かれらはきみを守るという任務をはたしていたが、あの状況には対応できなかった。おかげで全員を入れ替えるはめになった」

「だれから守っていたのか知りたいところだ」と、ローダン。「むしろきみは同族をわたしから……わたしの知識から……守りたいのでは？ だから隠密裡《り》にわたしをここに連れてきたのだろう、ギル・ゴル、ちがうか？」

「説明させてもらいたい。ハンガイ銀河にきたばかりだというのに、きみは信じられないほどよく知られている。アンクラム星系にあらわれて騒ぎを引き起こし、ヘクサメロンの注意を惹いた。きみのせいでアンクラム星系のプロジェクト施設が破壊されたとはいわないが、ヘクサメロンが迅速に行動にうつったのは、ハウリ人がきみをメエコラーからの公式使節とみなしたからだと……」

「ばかな！」と、ローダン。「レン・ノの報告からそんなことは読みとれない。むしろレン・ノにハウリ人の攻撃を警告したのに、耳を貸さなかったのだ」

「それだけで動くことはできない」ギル・ゴルは冷静だった。「プロジェクト機構ことシュオ＝ゴン＝ウェンにとって、重要なのはきみの存在から生じる結果だ。きみはこの宇宙では異人であり……それだけで特殊な立場にいることになる。偶然が重なって目立っただけかもしれないが、その経緯に興味はないし、わたしは偶然とは思っていない。

現実として、ハンガイ銀河全体が大騒ぎでペリー・ローダンという異人を探しているのだ。なぜだかわかるか？　きみがベングエルとジュアタフ・ロボットの理想になっているからだ」

「わたしにいわれても困る。そんな名声を捨てられるなら、よろこんでそうしよう。なぜベングエルとジュアタフがわたしをイマーゴとみなすのか、理由がわからない。惑星トゥヨンでのことが関係しているとは思うが」

ギル・ゴルが疑わしげな顔になった。かれの言葉を信じていないのは明らかだ。

「ベングエルとジュアタフがきみをイマーゴとみなしているのはどうしようもない。そのせいで大いに迷惑しているのだ。きみは数千隻のジュアタフ・ベングエル合同艦隊をアンクラム星系に引きよせた。その数は確実に、もっと増えるだろう。すでにいったとおり、プロジェクト機構の活動がそのせいで滞っている。レン・ノは絶望の瀬戸《せと》際《ぎわ》だ。次の期日にはまにあいそうもないと……」

「延期したほうがいいのではないかな」と、ローダン。「きみの船に捕らえられる前にいっておく。重要な発見があった」

「そのことは胸に秘めておけ」ギル・ゴルがきびしい口調でいう。「カンサハリヤの代表者たちの前で披露したほうがいい」

「ハンガイ銀河の一部がメエコラーに転移するたびに、ハウリ人が恒星集団をメエコラーからタルカンに転移させていることを知っていたか？」ローダンが悠然と質問する。

一方、ギル・ゴルも現状の問題から目をはなそうとはしなかった。

「なぜきみを隔離するのか知りたいだろうから、答えておこう。ジュアタフとベングエルに、かれらのイマーゴがこのチャリフ星系にいることを知られたくないのだ。カンサハリヤはこの星系がロボットと下層民に蹂躙《じゅうりん》されるのを見たくないと思っている」

「わたしは故郷宇宙にいるカルタン人を知っている。誇り高いが、きみたちほど傲慢ではなかった」

「もうひとつ、もっとずっと重要な理由がある」ギル・ゴルは非難が聞こえなかったふりをした。「ハウリ人はきみに興味津々《きょうみしんしん》のようだし、ヘクサメロンもきみを狙っているらしい。ハンガイ銀河にはそこらじゅうにハウリ人のスパイがいる。きみがここにいることが漏れたとしたら、チャリフ星系にもヘクサメロンの第五列が浸透していることになる。あってはならないことだ。だからきみの居場所はできるだけ秘密にしておきたい」

「わたしを排除すれば、心配はいっさいなくなるだろう」ローダンがあざけるようにいう。

「それは……」ギル・ゴルは黙りこみ、じっとローダンを見つめた。「その可能性を検討したことは否定しない。だが、われわれは蛮族ではないし……きみも敵ではない。プロジェクト機構のなかには、きみと密接に協力すべきだと考えるゴン＝ウェンもいるのだ。白状すると、わたしはそこにふくまれていない」

「その正直さは好ましい」ローダンはそういって、ギル・ゴルを当惑させないように話題を変えた。カルタン人に対する敬意が高まる……かれらがこれほど冷淡で傲慢でなければよかったのに。「ヘクサメロンがチャリフ星系にスパイや破壊工作員を送りこんでいないと、どうして確信できるのだ、ギル・ゴル？」

「その保証はない。だが、いたとしても、まだ活動は活発ではない。きみの存在がかれらを活気づけるかもしれないということ」

「それをどうやって防ぐつもりだ？」ローダンが真顔でたずねる。「わたしをここに永久に閉じこめておくわけにはいかないだろう。協力を期待しているなら、それなりの譲歩を要求する」

ギル・ゴルは立ちあがった。冷たい飲み物はすでに飲み干している。ローダンはひと口だけで、自分には冷たすぎることに気づいた。

「それについては、特権保持者がきみに栄誉を授与するさいのレセプションで話せるはず。すくなくとも、公式にはそうなっている。実際には、そこでほかのゴン＝ウェンたちと会うことになるだろう。そのあとなら、われわれ、なんでも話し合うことができる。そのときこちらからの提案を説明しよう」

「もうひとつ訊きたいことがある」と、ローダン。「ミ・アウワはどうしたんだ？　なぜあんなに恐がっていた？」

ギル・ゴルの表情がふたたび硬くなった。

「きみ自身のことについて、きみと話すのを禁じていたのだ。自分が何者なのか、真実を話すべきではなかった。あれはただの小役人なのに、知るべきではないことを知ってしまった」

「彼女はどうなる？」

「選べる可能性はふたつあった。しばらく業務からはずすか、きみの世話をさせるかだ。わたしは後者を選んだ」

ギル・ゴルの近よりがたい印象はただの仮面で、その下には好ましい存在がひそんでいるのかもしれないとローダンは思った。

*

「感謝します、ペリー・ローダン！」ミ・アウワが挨拶がわりに、深々とローダンに頭を下げた。

今回の彼女は腕と脚にむらさき色のスプレーを吹きかけているだけだったが、一方で胴が風船のように膨らんだ太鼓腹になっている。色はくすんだ黄土色だ。

「作業着です」ローダンの視線に気づいて、彼女はそう説明した。

「感謝にはおよばない、ミ・アウワ」ローダンがいった。「ギル・ゴル自身が判断したことだ。きみを高く買っているということ。きみの専門分野はなんだ？」

「異星学です」彼女はそう答え、驚いたように問いかえした。「なぜわたしが専門家だと思ったんですか？」

「だれにでも得意な分野や、自分の能力を生かせるテーマがあるものだろう？　わたしの担当者に選ばれたということは、その方面の能力があるのだろうと思っただけだ」

「わたしはむしろ例外です」と、ミ・アウワ。「わたしは調整者をめざしていて、ヴィナウ政府の官僚志望です。ただ、特権を得られるチャンスはないので、実習で能力を磨くしかありません。長い道のりになります」

「一からすべてを学ぶのは恥ずかしいことではない。どうしてそんなにひかえめなんだ？」

「実務調整者は特権保持調整者の代理にまでしかなれないからです。特権保持者になれるのは、種族かカンサハリヤに特別な貢献をはたした者だけです」

「だったら、わたしはきみにとってのチャンスだな」ローダンがにこやかにいう。「わたしをうまくあつかえば、それだけで特別な貢献になる。メエコラー・プロジェクトはそこにかかっているから。カルタン人の、つまりはカンサハリヤと、ハンガイ銀河全種族の運命が」

「そうかもしれません……でも、ヴィナウではすこし事情がちがうんです」ミ・アウワが反論した。「ここではずば抜けてすばらしい実績以外、〝特別な貢献〟とは認められません。実際の仕事はすべて代理が、実務調整者がやっています。特権保持者になるには世襲するか、財産を使って芸術家や詩人やファッション・デザイナーのパトロンになるかしかないんです……支配的な地位に就いて、大衆の賞讃と尊敬の的となり、大きな支持を集める必要があります」

「つまり、うしろだてがないと政府内の地位は得られないということなのか？」ローダンが驚いて問いかえす。「卓越した知識や専門性は二の次だと？」

「そのとおりです。実際の仕事をするのは実務調整者ですが、方針を決めるのは特権保持者です。成功の栄誉はすべてかれらのものになり、失敗すればすべて代理の責任になります」

「とんでもない腐敗のにおいがするな」

「同感です」と、ミ・アウワ。「ただ、希望はありますし、社会秩序が完全に病に冒されているわけでもありません。上層部だけが問題なんですが、残念ながら、かれらには強い発言権があります。特権保持者がシュオ＝ゴン＝ウェンに入った例はないというのがちいさななぐさめです。プロジェクト機構にはトップクラスの科学者と技術者しかいませんから」

「ギル・ゴルもそうなのか？」

「ギル・ゴルはもともと、よく知られた異星心理学者でした。ヘクサメロンと〝最後の六日間〟の思想に関する啓蒙的な論文が高く評価されたのは、そう昔のことではありません。〝六日間思想〟にギル・ゴルほど鋭く敵対している者は、ほかには見当たらないでしょう。心の底からヘクサメロンを憎んでいるのだと思います。その点では、まさに狂信的なほどです」

「憎しみのあまり、敵と味方の区別もつかなくなっているわけか」ローダンがひとりごとのようにつぶやく。

「もちろん、あなたを憎んではいません、ペリー・ローダン。ただ疑念と、多少の嫉妬があるんだと思います」

「ギル・ゴルがわたしのなんに嫉妬するというんだ？」

「いろいろあります」と、ミ・アウワ。「ギル・ゴルはプロジェクト機構の一指導者ですが、知識権限の中枢からあたえられた情報しか持っていません。責任は大きいのですが、決定の自由がありません。そこにあらわれた異人のあなたは、最高機密を知っていて、ロボット王朝と数十億名を擁する種族を征服しました」

「それは誇るようなことではない。ギル・ゴルがイマーゴだということにできるなら、なんだって引きわたそう。どうやってわたせばいいか、教えてくれるだけでいい……だが、きみのいいたいことはわかった。ギル・ゴルはわたしの自由さに嫉妬しているのだろう。ほんとうに嫉妬といえるのかどうかはともかく」

「ええ、あなたの選択の自由や、自分の意見をいえる贅沢さに、でしょうか。ですが、ギル・ゴルの話はここまでにしましょう。わたしを追い出さなかったことには感謝しているので、悪口はいいたくありません」

「われわれの会話を聞いていて、まちがった結論を出すかもしれないということか」ローダンはうなずき、顔を上に向けた。「いま話したことに個人的なふくみはないぞ、ギル・ゴル」ふたたびミ・アウワに視線を向ける。「きみの任務はなんだ？」

「まず、わたしが用意した祝賀用の衣装を着用してください」

「もうすこし地味なのはないのか？　ひと目で人間だと見破られないようなローブや、カルタン人に見えるようなマスクのようなものが。本気だぞ、ミ・アウワ」

「なにか見繕ってみます」ローダンは彼女の目にいたずらっぽい光が宿ったのに気づいた。「そのかわり、メエコラーのことを教えてください。エスタルトゥの伝説や、《ナルガ・プウル》の乗員たちの運命も。大昔にメエコラーに転移した祖先たちがどうなったのか。なにもかもがわたしには……わたしたちには……信じられない、想像もできないことばかりで、理解が追いつかないんです。断片的な知識しかないので、つながりがわからなくて」

「それがきみの任務なのか……わたしから話を聞き出すのが？」

「はい。ギル・ゴルからは、あなたから聞いたことを細大漏らさず報告するようもとめられています」

ローダンは彼女の正直さに警戒心を解いた。怒る気にもなれない。情報をかくす必要もなかった。当面、ギル・ゴルに知られたくないことはひとつだけだ。たいしたことではないが、かれを混乱させるだろうから。ヴァイラク＝ゴムで見つけた、エスタルトゥが存在する証拠のことだ。ほんの四日ほど前に埃《ほこり》の上に刻まれた、第三の道のシンボル。

「わかった。きみたちカルタン人には知る権利がある。ギル・ゴルのプライドが高すぎてわたしに質問できないなら、きみが聞いておけばいい。そうすればきみも特権保持者になれるかもしれない」

「すぐにはじめられますか？」ミ・アウワが勢いこんでたずねた。「口頭で話してくれれば、わたしがそれを……」

「べつの方法にする」ローダンが彼女の言葉をさえぎった。「いろいろありすぎて、どこからはじめればいいのかわからないから、きみを《レダ》に託して、ヒュプノ学習で知識を伝えようと思う」

カルタン人はなにかいおうとしたが、ローダンは片手を振ってしずかにさせた。

「聞いていたな、《レダ》?」と、ピココンピュータ経由でドリフェル・カプセルに声をかける。「ミ・アウワに最新情報を伝えてもらいたい。ただしヴァイラク=ゴムでの出来ごとは除外だ。あれがどういうことなのか、先に解明しないと」

「了解」ローダンには《レダ》の返事が不機嫌なものに聞こえた。「いつでもカルタン人を連れてきてください」

「聞こえたな、ミ・アウワ。ヒュプノ学習が終われば、きみは知識権限の中枢以上の情報を持っていることになる」

「不安にさせないでください」ミ・アウワが動揺した声でいった。

「知識が身につけば、事態をまったくちがう目で見られるようになるはず。いずれにせよ、視野はひろがるだろう」ローダンがなだめるようにいう。「ところで、ひとつたのみたいことがある。ある情報が知りたい」

「知識権限の中枢を通さずにですか?」ミ・アウワは悲鳴のような声をあげた。「できません。ギル・ゴルでさえ……」

「おちついて。これはまったくべつの話だ」ひと息入れて、話をつづける。「チャリフ星系に入ったときから、警戒が緩く、保安体制に問題があると感じていた。防御システムが脆弱で、ハウリ人の第五列は侵入し放題だろう。ヘクサメロンがチャリフ星系でどんな破壊活動を実行しそうか、情報を教えてもらいたい」

「ヘクサメロンの工作員がここで活動しているという話は聞いたことがありません」

「機密あつかいの報告もふくめて、ということだ。ヘクサメロンの活動があったとしても、一般に公表はしないだろう。無為にすごすばかりのカルタン人の気分を害するから」

「ギル・ゴルに訊いてみます」ミ・アウワが約束した。

「きみはあらゆる知識を、そうだな、三段階の学習で習得する。各段階の前に、きみから情報を得たい。《レダ》、生徒を連れていくぞ」

ローダンは彼女を別荘からドリフェル・カプセルに連れていった。

かれらがドリフェル・カプセルに到着すると、ベオドゥがエアロックから姿を見せた。外に飛び出してきて、かれらには目も向けずに駆け出していく。

「お友達はどうしたんですか？」ミ・アウワがたずねた。「孤独に悩んでいるのでは？アッタヴェンノクはとても社交的だと聞いています。たぶんベオドゥは同族との交流に飢えているんでしょう」

「そんな文句をいったことはないのだが」ローダンはそう応じたが、カルタン人の言葉には感じるものがあった。自分といっしょにいるのに飽きたのかもしれない。だが、そこでベオドゥがぼやいていたことを思い出した。「ここの衛生的な環境が合わないのかもしれない。ベオドゥは夢想家だ。この別荘にいると、夢が洗い流されてしまうといっていた。だが、それはいずれおさまるだろう。チャリフ星系には、ほかにアッタヴェンノクはいないのか？」

「ごく少数ですが、ジャリプにいます。ベオドゥの相手をしてもらえるかどうか聞いておきます」

3

惑星ヴィナウのカルタン人の暮らしは贅沢三昧《ぜいたくざんまい》といっていい。故郷世界に住むカルタン人は八十億ほどで、そのほとんどが安逸な、ヴィナウ＝カルタン人にいわせれば〝高度な生き方を追求する〟生活を送っている。そんなかれらのふるまいは、まるで生命の最後の秘密を見出したかのようだった。すなわち、無為にすごすことこそ追求するにたりる生き方である、という秘密を。

詩人、映像または叙述芸術家、哲学的朗読者、教祖や弟子、形而上学《けいじじょうがく》者、パントマイミスト、肉体や景観や精神のモデラー、建築家や環境デザイナー、吟遊詩人、アニメーションの進行役……ペリー・ローダンは永遠の戦士の進行役のシングヴァを連想したが、その比較は妥当ではなかった。ヴィナウ＝カルタン人の進行役は宮廷道化師のようなものだから。

ヴィナウには製造業も農業も存在しないといっていい。贅沢品はもちろん、生活必需品はすべて輸入でまかなわれている。輸出するのはあらゆる種類の芸術作品だ。

ヴィナウ人は入植地を食いものにしているといってよかった。宇宙航行の黎明期に定められた古い法規によって、入植地は国民総生産の五分の一を母星に支払うこととされている。数百の入植世界があるので、これはかなりの額になり、ヴィナウ人の贅沢な生活の裏づけになっていた。

こんな状況でカルタン人入植地が母星の寄生虫に反抗したことがないというのは、ほとんど奇蹟に思える。すくなくとも年代記を見るかぎり、いつの時代にも反乱の記録は見当たらなかった。

むしろ入植世界はよろこんで貢ぎものを捧げているようだ。かれらは祖先を誇りに思い、現在のカルタン人にも敬意をはらって、贅沢な生活をさせている。それが種族を頽《たい》廃《はい》させているとは思ってもいないのだろう。それどころか、チャリフ星系からやってくるものは、たとえどれほどくだらなくても貪欲に吸収し、無批判にとり入れてしまう。

そう、たしかにカルタン人は祖先と、その堕落した子孫を崇拝していた。

ローダンにとって、ヴィナウ＝カルタン人が〝丸太〟と《ナルガ・プウル》の建造者だというのは、なかなか理解しがたいことだった。華美な言辞や流麗な作法はうまいが、科学技術的な業績には縁遠いと思えたから。

だが、この頽廃した社会にも傑物は存在する。その筆頭はギル・ゴルやレン・ノのようなプロジェクト機構に属するカルタン人であり、次いでミ・アウワのようなヴィナウ人もふくまれる。カルタン人の母星の伝説的な名声を守っているのは、そんな特別な者たちだった。

かれらこそがチャリフ星系の表看板なのだ。

実際のところ、メエコラー・プロジェクトのエンジンはカンサハリヤすなわち〝二十二同盟〟であり、シュオ＝ゴン＝ウェンすなわちプロジェクト機構がそこにエネルギーを供給し、知識権限の中枢が操縦をになっているといってよかった。

知識権限の中枢がどういうものなのかは、いまだによくわからない。ヴィナウでそれがわかるとも思っていなかった。

ローダンは最初、プロジェクト機構がテラでいう政府に相当すると考えた。だが、そうかんたんでないことはすぐにわかった。シュオ＝ゴン＝ウェンはそれ以上の権限を握っているのだ。ヴィナウだけではなく、カンサハリヤに対しても同様だった。

一方、惑星統治は特権保持調整者と実務調整者がになうが、かれらは国内問題だけを所轄する。カルタン人は伝統を重んじ、昔からある法規を尊重するので、母星ヴィナウが永遠に繁栄するための特別な外交的成果などは必要なかった。それ以外の問題、たとえばメエコラー・プロジェクトやヘクサメロンとの対立などは、全面的にプロジェクト機構が担当する。シュオ＝ゴン＝ウェン内部でもカルタン人のあいだでも、どうせならギル・ゴルやその同僚がヴィナウの利益を代表すればいいではないかといわれていた。

八十億のヴィナウ＝カルタン人が無為にすごしているのは、ギル・ゴルたちのじゃまをしないためだ。

かれらは銀河の転移をエキゾティックな領域への旅行のようなものと思っている節さえあった。付随する問題のことなどなにも考えていない。

ローダンがこのおかしな見解を知ったのは、ミ・アウワに勧められた映像を見たためだった。〝異宇宙への旅の啓発キャンペーン〟の一環だという。

じつのところ、それはある種のショーだった。いくつかのアトラクションの合間に、ハイパーアブストラクト次元潮汐現象の専門家と称する、アメコミのガーフィールドを思わせるカルタン人が登場してテーマを解説するのだが、内容は就学前の子供にもおよばないレベルだ。

ローダンにはむしろ、どういう社交の場にどんな服装がふさわしいかを解説する番組のほうが役にたつくらいだった。すくなくとも、名誉あるレセプションの場でどんな服装や化粧をしてはいけないかがわかるから……

ギル・ゴルからはすでに日程が伝えられていた。レセプションはローダンが到着した二日後の日没時からはじまる。

ピココンピュータの計算によると、標準時では四四七年七月十三日午前十一時三分からになるらしい。誘導ビームが《レダ》に乗ったローダンを会場まで導くことになる。

ベオドゥに関してはなんの言及もなく、ローダンが問い合わせて、ようやくアッタヴェンノクの同行が認められた。

日没の一時間前にミ・アウワがやってきた。

ローダンとベオドゥはカルタン人の歴史に関する番組を見ていた。興味深い背景情報が得られるだろうと思ったから。気がついてもよさそうなものだった。かれが得ることのできた新情報はただひとつ、ヴィナウではこの二千年間、一隻の宇宙船も建造されていないということだけだった。司会者はそのことを誇らしげに口にした。最後の宇宙船工廠《こうしょう》はレイ＝ホ大陸北方にあり、博物館になっているという。その大陸の南岸、北緯三十二度の位置に首都のヴィン＝マラウが立地している。

ミ・アウワがきてくれたのはありがたかった。おかげで気分を変えることができたから。

「ゲストの名簿とレセプションの式しだいを持ってきました」メエコラーの歴史に関する最初の学習について丁重に礼を述べて挨拶してから、ミ・アウワがいった。「見ておきますか？」

ローダンは断った。

「当日の楽しみにとっておこう。いまはもっとも重要なことだけ教えてくれれば充分だ」

「レセプションは社交儀礼ですから、たいして重要なことはないんです」ミ・アウワがすまなそうにいう。「あなたの興味を惹きそうなことというと、ほかの種族のゴン＝ウェンたちも出席することくらいでしょうか。残念ながらプロジェクト機構の指導的な立場の者たちは出てきませんが、すくなくともナックのゴン＝ウェン、ダルフロルは内気さを克服して、出席すると伝えてきました」

「それは期待が持てそうだ」

「公式行事のあと、あなたは内輪の集まりに招かれています。ギル・ゴルがシュオ＝ゴン＝ウェンを代表して、重要な提案をするはずです」

ギル・ゴルは最初のコンタクトのときすでにそのようなことをほのめかしていて、くわしい話ができないことを残念がっていた。プロジェクト機構がなにを提案するつもりなのかと、ローダンの好奇心がうずいた。

「ほかにはなにか？」と、たずねる。

「決まっている予定はそれだけです。でも、退屈することはないでしょう。ゲストは全員、死ぬほどあなたに会いたがっていますから、ペリー・ローダン」

「きみがうまくさばいてくれるものと期待している、ミ・アウワ。ナックのダルフロルのような、興味深い相手と話す時間がとれるようにしてもらいたい」

「二度めの学習の時間に充てようと思っていたのですが」ミ・アウワががっかりしたよ

うにいう。

「それならいますぐやればいい。時間は充分にある」ローダンはそういってからすこし間を置き、たずねた。「わたしがもとめた情報は手に入ったのか？」

「チャリフ星系でのヘクサメロンの活動状況ですね」彼女はそういい、ローダンがうなずくと先をつづけた。「いったとおり、なにもありません。ここはハンガイ銀河のなかの、孤立した平和な一角なんです。状況証拠らしいものや疑念はありましたが、どれも確証はつかめませんでした。いちばん最近だと、ギル・ゴルがハウリ人の秘密組織らしいものの手がかりをつかんでいます。組織の名称もわかっていて……ハン＝シュイ＝クォンといい……」

「〝短い六日間〟か」ローダンが翻訳する。

「……命名の由来は、六日間が過ぎても結果が出なければ、調査が放棄されることだとか。ハン＝シュイ＝クォンはそもそも存在しないか、設立されたばかりで露見する危険が大きくなったため、活動を中断したもののようです」

「あるいは、ハン＝シュイ＝クォンの偽装が完璧で、存在しないとみなされた結果、秘密裡に自由に活動できるようになったかだ」と、ローダンが考えこみながら指摘する。

「その点はギル・ゴルと話してください。わたしが知っているのは、ナンサルへの大攻勢が空《から》ぶりに終わったことだけです」

「ハン＝シュイ＝クォンの拠点はナックの世界にあると考えられていたのか？」

「そのようです。きびしい状況にもかかわらず、ギル・ゴルは戦力をナンサルに集中させていましたから。ヴィナウとジャリプでも調査はしましたが、長期にわたる念入りなものではありませんでした。ジャリプではプロジェクト機構の本部まで捜索しましたが、六日間の預言者に関するものはなにも見つかっていません。ギル・ゴルはハン＝シュイ＝クォンなど幻影にすぎないと信じているようです」

　ローダンはゴン＝ウェンが同族の無為な生き方をじゃましないためだけに、なんらかの証拠をかくしているのではないかと疑った。自身の経験としてヘクサメロンの手下のやり口を知っているローダンにとって、かれらがカルタン人揺籃の地であるチャリフ星系第三惑星を狙わないとはとうてい考えられない。しかもそこにはメエコラー・プロジェクトを推進する組織の本部が存在するのだ。機会があればその点をギル・ゴルにたずねてみようと思った。

「それで、レセプションはどこで開かれるんだ？」

「旧市街最古の、もっとも大きな建物であるバオ宮殿です」と、ミ・アウワ。

「その宮殿は〝丸太〟の、《ナルガ・プウル》の船長、バオ・アト・タルカンに因《ちな》んで命名されたのか？」

「そのとおりです。ハンガイ銀河の転移をメエコラー側で準備した、英雄的な先遣隊長の名前です」

「レセプションに遅刻したくなかったら、きみの二度めの学習を開始したほうがよさそうだ、ミ・アウワ」

二度めのヒュプノ学習で学ぶのは、《ナルガ・プウル》が永遠の戦士の領域に到着したことで実際になにが起き、アルドゥスタアル＝カルタン人が貯蔵したパラ露の自然発生的爆燃で、どれほどのカタストロフィが生じたかということだ。

コスモヌクレオチド・ドリフェルを調査中だったローダンもまた、このカタストロフィのせいでタルカン宇宙に転移させられた。それでもかれの運命など、ドリフェルがこうむった影響とその後遺症にくらべればたいしたことではない。

ミ・アウワはこの事情とどう折り合いをつけるだろう？

彼女からこの話を聞いたとき、ギル・ゴルはどう反応するだろうか？

＊

「そろそろ時間です、ペリー」《レダ》がいった。「誘導ビームを感知しました」

「では、行こうか」ローダンはベオドゥとともにせまい操縦席に着いた。ミ・アウワはまだ上のデッキでヒュプノ学習中だ。《レダ》によると、彼女は学習時間を目的地に到着するまでに延長したという。ローダンはそう聞いてほっとした。ここに三名が詰めこまれたら立錐《りっすい》の余地もない。

《レダ》がスタートし、ローダンははじめて上空からヴィン＝マラウを眺めた。巨大な建造物が集まった中心部の面積は比較的ちいさい。

　その外側にひろがる新市街は、東側に豪華な未来的建造物群があり、北側と西側には大型居住区画が丘陵地帯をこえて地平線までひろがっていた。

　東側の別荘地帯の先には旅客用宇宙港がある。宇宙港はまだ昼の光のなかで、数百のちいさな点がその光を反射していた。上昇していくものもあれば、着陸場に降下していくものもある。それらは第三惑星ジャリプとのあいだを行き来する旅客宇宙船や、カルタン人の個人宇宙船だった。

　その北側にはさらに広大な貨物用宇宙港が見えた。ハンガイ銀河じゅうから貨物を満載した宇宙船が飛来し、たいていはほとんど空荷でもどっていく。

　新市街が煌々《こうこう》と無数の明かりに照らされているのに対し、歴史ある旧市街の建物は夕暮れの柔らかな光につつまれて、輪郭もぼやけていた。

　この時間、周囲の宙域は空いていた。まるで《レダ》のために自家用宇宙船の航行を禁止したかのようだ。旧市街との境界をヘリコプターに似た浮遊機が巡回している程度だった。

「ヴィン＝マラウは二千万都市です」《レダ》が説明する。「なのに、旧市街に住んでいるのは人口の一パーセントにすぎません。最上位の二十万名ということ」

ローダンはなにもいわなかった。ベオドゥのことが心配だったから。アッタヴェンノクはいままで以上にふさぎこんでいる。

恒星チャリフの赤い円盤はすでに地平線に接し、ヴィン＝マラウ湾を赤みがかった金色に染めあげていた。湾の手前ではブランコやゴンドラを思わせる宇宙船のシルエットが奇妙なダンスを踊っている。黄金の光を背景にした影絵のように、着陸場から空中に舞いあがり、沈みかけた恒星をかすめ、ある船はほかの船よりも速く、まるで競い合っているかのようだ。

「どうしたんだ、ベオドゥ？」ローダンがたずねた。「なにかわたしにいいたいことがあるのか？」

「いや」ベオドゥが短く答える。

「なにかに悩んでいるようだが、わたしのせいか？　きみを怒らせるか、傷つけるようなことをいったのだろうか？」返事はない。「それとも、夢のことか？　そんなに落ちこんでいるのは、夢を見なくなったからか？」やはり返事はない。「夢を見て、その内容が不穏なものだったのか？」

ベオドゥの頭翼の目がぴくりと動いた。短く瞬きして、すぐに目をそらす。どうやら真実に肉薄したようだとローダンは思った。

「どんな夢だったんだ？　悪夢か？」ベオドゥが身じろぎする。「わたしに話したくないのは、わたしがきみの夢の意味を疑ったからか？」ヴァイラク＝ゴムのネットウォーカー・ステーションの埃の上にエスタルトゥのシンボルを発見することを、ベオドゥは夢で予見していた。ヴァイラク＝ゴムを思わせる世界で異人の亡霊に出会うことも。ただ、それは亡霊ではなく、五百年前に行方不明になったネットウォーカーのプロジェクションだった……そのあとローダンは四日前に描かれたばかりの、第三の道のシンボルを発見したのだ。ベオドゥがむくれているのは、何度か未来をいいあてているのに、ローダンが懐疑的になりすぎていたせいなのだろう。

「わたしの態度が正しくないと感じるなら、そういってもらいたい。よろこんで不見識を謝ろう。また夢を見て、その内容が重要なものだったのか？」

「わからない」ベオドゥが小声で答える。

「どういうところに確信が持てないんだ？」なんとしてもベオドゥに話をさせなければ！「夢を見たという確信がないのか？」

「夢を見たときは、いつでもそうだとわかる。内容を忘れたこともない」

「きみの感覚がわたしと違うことはわかっている。夢は見たわけか。だが、その夢が重要だという自信がない、そうだな？　真実の夢なのかどうかわからないということ」

「真実でなければいいと思う」と、ベオドゥ。かかえていた問題を吐露できて、ほっとしているようだ。「悪夢というわけではなくて、ある意味では美しい夢だった。だが、同時に残酷で、恐ろしいものでもあった」

「話してくれ。たぶん解釈できるだろう」

「ワキアン、ワキアン……」ベオドゥはそういっただけだったが、ローダンにはかれのいいたいことがわかった。〝あなたがわたしの夢を解釈しようだなんて。信じてもいないくせに！〟

「わたしにもう一度チャンスをくれないか？」ローダンがいった。

「そうしたいのは山々だが……」ベオドゥはいいよどんだ。「……でも、とても私的な夢なので」

「わかった」ローダンは微笑した。性的な夢を説明させようとして、ベオドゥを困らせたくはない。

「いや、まるでわかっていない！　わたしにとってどういう意味がある夢なのか知りもせずに、どうしてわかったような顔をしてるんだ？」

「わかった、おちつけ、ベオドゥ」ローダンがなだめる。「この件は忘れよう。もうすぐ到着だ」

《レダ》が低速で、階段ピラミッド型プラットフォームの最上段に接近していく。最下段の一辺が三百メートル強、七段構造で、最上部までの高さは七十メートルくらいだ。

「ここがバオ宮殿です」《レダ》がいった。「誘導ビームはここで終わっています。善意の提案があるのですが、聞きたいですか？　ベオドゥがわたしに夢の内容を話し、わたしが内容を確認してから、あなたに伝えるというのはどうでしょう、ペリー？」

「ああ、それなら話してもいい！」ベオドゥが熱心に賛同する。

「では、ここはきみたちだけにして、わたしはミ・アウワのようすを見てこよう」ローダンはため息をつき、上部デッキに向かった。

＊

ミ・アウワはヒュプノ学習を終え、しゃがみこんで宙を見つめていた。のろのろと首を動かし、焦点の定まらない目をローダンに向ける。

「わたしたちがしていることは正しいんでしょうか？　この宇宙からべつの、暴力と混沌が支配する宇宙に転移するのは、賢明なことなんでしょうか？　学んだことから考えると、この転移でわたしたちの状況が改善するかどうか、疑わしいんですが」

「きみが学んだのは例外的な領域の状況だ」と、ローダン。「いつでもどこでもそんな状況にあるわけではない。ただ、ヴィナウでメエコラーの現状が誤解されているのもたしかだろう。通常宇宙は乳と蜜の流れる地でも、無為にすごせる場所でもない」

「そんなことは期待していませんが、わたしが学んだかぎりでは、メエコラーの生存競争はタルカンよりもずっと熾烈《しれつ》です。ヘクサメロンに降伏したほうが、もっとしずかで安全な未来がありそうです」

「それはちがう」ローダンは反論した。「タルカン宇宙に未来はない。数百年もすれば、いまのかたちの生命は根絶されているだろう。カルタン人も、ヴェンノクも、ナックも、肉体を持った存在はいなくなってしまう。ハウリ人もだ。五百年後のハンガイは生命不毛の銀河になっている。一方、メエコラーはまだ若い宇宙で、活力があり、発展の余地も大きい。カルタン人とその兄弟種族の未来はメエコラーにしかないんだ」

彼女はじっと聞き入り、ローダンが話し終えるとこういった。

「もちろん、そのとおりですね。必要なものの見方は……未来志向、でしょうか」

〈きみにわかりさえすればな、ちいさなカルタン人〉と、ローダンは思った。〈これからまったくべつの種類の困難が生じると知っていれば、二十二同盟の全種族が雪崩《なだれ》を打ってヘクサメロン側に寝返るだろう。存続のための永遠の闘争よりも、短期間の幸福を選んで〉

だが、ハンガイの住民には思いもおよばないだろう。

ローダンとミ・アウワが司令室にもどると、ベオドゥはもういなくなっていた。ローダンはカルタン人にかれのあとを追わせ、《レダ》と夢について話し合えるようにした。

「いまは時間がありません」《レダ》がおだやかに、だが断固として主張した。「ギル

・ゴルとゲストたちがしびれを切らしています。また、じつのところ、ベオドゥの夢はあなたには関係ありません。女アッタヴェンノクと出会い、その夢の女性と恋に落ちたのです。わたしはそう分析しました」

「ベオドゥに伴侶《はんりょ》ができれば、よろこばしいことだ」と、ローダン。「ほかになにかあるか、《レダ》?」

「じつはあります。宮殿を通常探知と透過走査でチェックしたところ、気にいらない異常な測定結果が出ました。ハイパーエネルギー性の異常で、カルタン人の会合場所よりも、ハウリ人にふさわしいものです」

「まちがいないのか?」

「はい。大きな危険があると指摘してもかまいませんか? バオ宮殿にプシオン=サイバネティク・エネルギー源を探知しました。バンタングでも同じようなプシ=サイバー・フィールドでひどい目に遭ったのをおぼえているはず。あのときもそうでしたが、これはハウリ人の、ひいてはヘクサメロンのやり口です」

「だとすると、ハン=シュイ=クォンは幻ではなかったわけか」と、ローダン。「プシ=サイバー・フィールドに対抗できる武器はなにかあるか、《レダ》?」

「防御的な武器なら開発できます」

「だったら、なにをぐずぐずしている?」

「できるだけのことはしています、ペリー。ですが、適切な装置を提供するには時間がかかります。当然ですが、あなたのネット・コンビネーションのピココンピュータと連動させる必要があります。それには数日かかるでしょう」

ローダンは自分が無理な注文をしていると悟った。プシオン＝サイバネティク・フィールドを感知して無効化する能力のある装置をすぐに手にすることはできない。もっと前にそうした装置の開発を指示しなかった自分に怒りをおぼえた。そうしていればいまごろは完成して、もっと安全に感じられたはず。

「警告に感謝する。連絡を絶やさないようにしてくれ」

すくなくとも、なにも知らずにハウリ人の罠に突っこんでいくわけではない。ローダンは念のためコンビ銃を装備した。

ひとつだけ腑に落ちないことがある。ハン＝シュイ＝クォンはどうしてこれほどすばやく対応できたのだ？

4

ペリー・ローダンは湾曲した滑走斜路で階段ピラミッドの最上階の内部に入った。レセプション・ホールは赤を基調に装飾され、衣装部屋も付属していた。ただ、そこに衣装は一着もなく、日用品とロボットが待ち受けているだけだ。ロボットは仕切りのなかに数百体が、まるでオイルサーディンのようにならんでいた。

ミ・アウワとベオドゥが斜路の終点の壁の前に立っている。その先にはエネルギー的に保護された反重力シャフトがあり、ギル・ゴルが二体のロボットをともなって待っていた。二体ともカルタン人を模した外見だが、外殻は透明で、内部の機構が見えるようになっている。

ギル・ゴルが両腕をひろげてローダンに近づいた。今回は三角形のシンボルがついたコンビネーションを着用している。特別な場であることを強調するためだろう。

「きみががっかりしないよう、最初に警告しておく」ギル・ゴルが挨拶も抜きにそういい、ローダンは最悪を覚悟した。「ゲストたちがきみに注目するそぶりを見せなくても、名誉が侵害されたと感じる必要はない。それは無知や傲慢によるものではないから。きょうという日は、すべての知性体がカルタン人と同等とみなされるのだ」

ローダンは安堵の息をついた。ギル・ゴルの最初の言葉から、正反対の状況を予想していたのだ。ゲストがかれをとりかこみ、異宇宙からきた珍獣のようにあつかうのではないか、と。

「きょうはどうして特別なんだ？」ローダンがたずねた。

「二十二同盟の成立を記念する、リッヤダと呼ばれる祝日だからだ。ちょうどいい機会だから、きみをほかのゴン＝ウェンに紹介して……」

「……わたしに提案を持ちかけよう、ということか」ローダンがあとを引きとる。

「そのための時間はとってある」と、ギル・ゴル。「まずは楽しんで、同族のなかにいるつもりでふるまうことだ」ローダンのベルトに目を向け、コンビ銃を指さす。「それは武器か？　だったら、ここに置いていってもらいたい」

ローダンはプシ＝サイバー・フィールドのことを告げようかと考え、やめておくことにした。

「ブラスターは武器としてではなく、祝宴用の装飾として携帯している」と、嘘をつく。

「権威の象徴のようなものだ」

「そういうことなら、例外を認めてもいいだろう」ギル・ゴルが不承不承いい、ミ・アウワに手を振って、ローダンのそばについているよう指示した。同時に反重力リフトのエネルギー・バリアが解除され、シャフトに入れるようになる。「またすぐに会おう」

ゆっくりと降下しながら、ローダンがミ・アウワにたずねた。

「ギル・ゴルは明らかに、このレセプションをわたしのためだけに開こうとしているわけではない。ずっと前から日程が決まっていたのだから」

「リッヤダは毎年開かれています」と、ミ・アウワ。「ギル・ゴルはその機会に、あなたをシュオ＝ゴン＝ウェンのメンバーに紹介しようと考えたんでしょう。侮辱ととらえる必要はありません」

「わたしがそんなことを気にすると、本気で思っているのか？」ローダンはそういって笑った。「ただ、全体像がまるでちがって見えてきた」

「ギル・ゴルがすべての真実を語ってはいないことに気づきましたか？」

「どういう点で？」

「この祝日の理由です。ヴィナウの住民はこの祭典で良心の呵責《かしゃく》をしずめたいんです。かつてのわたしたちは〝カルタン人のヴィナウ〟というモットーのもと、カンサハリヤの他種族をわたしたちの故郷世界から追放しました。リッヤダはその後、ほかの二十一種族との和解をしめすために導入されたんです。リッヤダはいわば異種族の日で、ビザも不要で、すべての種族が兄弟姉妹とみなされます」

ローダンはなにもいわず、話の内容を分析しようともしなかった。カルタン人に幻滅したくなかったから。

反重力シャフトの終点に到着したとき、目の前のエネルギー・バリアが不安定になった。

「気をつけて！」ミ・アウワが叫んだが、エネルギー・バリアが崩壊すると、のこりの言葉は耳ざわりな騒音にのみこまれた。揺らめき瞬く光の幕が広大なホールにあらゆるスペクトルの色彩をまき散らし、波のように押しよせてくる肉体を照らし出す。

ローダンは一瞬、二十世紀の大型ディスコホールにいるような錯覚におちいった……騒音と照明はまさにそのままだ。

ベオドゥはホールに一歩踏みこんで、ぎょっとしたように、すぐさま反重力シャフトのなかに引っこんでしまった。出口の枠にしがみついている。ミ・アウワは身振りでなんとかかれを誘い出そうとした。

彼女はおもしろがっているようだった。数百の小間に仕切られた壁の窪みに手をのばし、懐中電灯に似たリモコンをとり出す。彼女がおや指でセンサー・ボタンを押すと、瞬時にあたりがしずかになった。

「恐がることはありません」と、シャフトから出てきたベオドゥになだめるように声をかける。「いつものリッヤダの雰囲気です。いま見せたとおり、個別にしずかな空間をつくり出すことも、光と音の乱舞に参加することも可能です。このリモコンでいつでも切り替えられます」

小間に手を入れ、ベオドゥとローダンにもリモコンを手わたす。

「悪夢が現実になった」ベオドゥはまだ軽いショック状態だった。「夢で見たんだ……この場所だった」

「たぶん居心地はいいはずだ」ローダンがいい、ベオドゥの手を引いて先に進むミ・アウワのあとを追って、陶然となっている群衆のなかに歩を進めた。ほとんどがカルタン人で、ありとあらゆる種類の奇抜な衣装に身をつつんでいる。ときおり見かける異種族はかれもベオドゥも知らないものばかりだった。

ヴェンノクの腕と脚にはふたつずつ関節があるので、歩き方はゆらゆらしたものになる。だが、ベオドゥは狂ったように腕と脚を振りまわし、合間に不自然にからだをねじって空中に飛びあがるので、とても俊敏な印象だった。そのはげしい動きのせいで、かれの周囲にはぽっかりと空間ができていた。

突然、その動きがとまり、かれは騒音を圧する、甲高い口笛のような一連の音を響かせた。

ぎょっとしたように、そのまま凍りついている。

ローダンには状況がよくわからなかった。周囲にいるのはほとんどがカルタン人で、なんの注意もはらっていない。

ベオドゥは硬直したままだ。ミ・アウワはかれの視線の先を追い、そこにいた一ヴェンノクに合図した。相手はリモコンをかかげ、グリーンの光条をはなった。その光は群衆の頭上を弓なりに飛びこえ、どこか奥の一点をさししめした。

ミ・アウワもリモコンをかかげてしめされたほうに向け、同じようにグリーンの光でその場所をさししめした。ヴェンノクは手を漕ぐように動かして確認し……たちまた雑踏のなかに紛れた。

ミ・アウワは自分とローダンとベオドゥを静寂の球でつつみこみ、こういった。

「ゴン＝ウェンのフェルゲルが場所をとってくれました」

グリーンの光がさししめした場所まで進むのにかなりの時間を要した。

そのあたりは混み合っていなかった。床の上に色とりどりのクッションが置かれ、パーティ参加者がすわっている。思ったとおり、ほぼ全員がカルタン人だった。

〝ほぼ〟全員が。

いくつかのクッションを集めた一角に三名のアッタヴェンノクの姿があった。その優美なたたずまい……と、頭翼から目が飛び出しそうになっているベオドゥの反応……から、どうやら女アッタヴェンノクらしいとわかる。

ベオドゥはトランス状態におちいったかのように、クッションのひとつに腰をおろした。

「これがきみの悪夢か？」ローダンがたずねたが、ベオドゥには聞こえてもいないようだ。

　それ以上できることはなにもなかった。

＊

　群衆ごしに合図を返したヴェンノクが立ちあがり、恍惚《こうこつ》のダンスを終えて、ローダンたちがいるテーブルに近づいてきた。

〝トルコふう〟のだぶだぶのズボンにぴっちりしたシャツという服装で、肌が見える部分にはきらきらしたものをスプレーしている。しかもそれだけでは派手さがたりないとでもいうように、たくさんの宝石を身につけ、首には十数本のさまざまな色のチェーンを巻きつけ、頭翼のつけ根には王冠のようなものをいただいていた。左側にはリモコンが置かれ、三名の太った操作員がおちつかなげにボタンをたたいている。

　クッションの山にたどり着いたかれは静寂の球を展開し、腰をおろした。なにかを期待するようにローダンを見つめる。

「こちらはゴン＝ウェンのフェルゲルです」ミ・アウワが両者を引き合わせた。「こちらはペリー・ローダン、メエコラーからの訪問者です」

「きみがロボットと下層民のアイドルか」ヴェンノクがトランセサイザーを通していう。もとの言語のクリック音がうまくとりのぞけておらず、耳ざわりだ。「きみがそれほど特別とも思えないが。なにかやってみてくれないか？　どうやって信奉者たちをあしらっているのか見せてくれ」

ローダンが口を開く前に、ミ・アウワが急いで割って入った。

「ベングエルとジュアタフがペリー・ローダンに役割を押しつけたんです。かれはその立場を利用するどころか、大いに迷惑がっています」

「そうなのか？」ヴェンノクは不思議そうに、一連の口笛のような音を立てた。たぶん驚きの表現だろう。「だとしたら、どうしてギル・ゴルを脅迫して、要求をのまないとロボットと下層民をチャリフ星系に呼びよせるといったりしたんだ？」

「脅迫も要求も、身におぼえがないな」と、ローダン。「説明してもらえるか、フェルゲル？」

「なにをいっているんだ？」ヴェンノクは特徴的な口笛とクリック音を発した。「だったらなぜ、わたしはゴン＝ウェンのイスタムとくたくたになるまで議論したんだ？　その問題がないなら、あのグリオルといい争う必要などなかったのに。では、ギル・ゴルはわれわれになにをもとめている？　わたしはなんのためにあの知ったかぶりのグリオルと……」

ローダンは困惑した。

「ダンスをしていたんじゃないのか？」

ヴェンノクは両方の頭翼をローダンに向け、射貫くような目つきでかれを見た。

「あれはダンスではありません」ミ・アウワが群衆を指さしていう。「語り合って、議論して、自分をさらけ出しているんです。議論相手とは肉体的に接触するか、リモコンを使って遠くから音声を伝えるかします。フェルゲルもそれ以外のことはしていません」

ローダンはじっと〝ダンスしている〟者たちを見つめ、かれらがなんらかのリズムに合わせて動いているわけではないことに気づいた。〝ソロ〟で踊っている者も、よく見ると色のついた光のアーチでホール内にいるべつのだれかとつながって、相手も同じように動いているのがわかる。遠くはなれたひと組の動きを見ていると、それは明らかに討論する者同士の動きだった。ローダンの過ちは、二十世紀テラのディスコの連想に囚《とら》われすぎたことだった。

「よくわかった」話を本題にもどす。「ギル・ゴルがなぜ、わたしがジュアタフとベングエルをチャリフ星系に呼びよせるといって脅したなどというのか、理解できない。ただ……実際、そうするかもしれない。かれの誹謗《ひぼう》を罰するために」

ローダンはベオドゥのようすを観察した。三名の女アッタヴェンノクと、クリック音と口笛で話をするのに夢中になっている。会話バブルを展開しているので、聞こえてくるのは甲高い音だけだ。ベオドゥは周囲で起きていることには完全に無関心らしかった。

「あれはわたしの秘書たちだ」ローダンの視線に気づいたフェルゲルがいった。「ミ・アウワから、かれらをリッヤダに連れてくるようにいわれた。紹介しようか？」

「おかまいなく。じゃまする気はない」そういってカルタン人に目をやると、彼女は申しわけなさそうに目を伏せた。ローダンはなにか優しい言葉をかけるべきだろうと思った。「いい考えだった。ベオドゥにかわって感謝する」

「ギル・ゴルを脅迫してなどいないというのはほんとうなのか？」と、ヴェンノクがたずねた。

「ああ、ミ・アウワが話したとおりだ。わたしにとって、イマーゴあつかいは負担でしかない。だからジュアタフとベングエルのことは避けている。かれらがなぜわたしを選んだのか、いまだにわからない」

「どこかでジュアタフ・ロボットを見つけるのはかんたんだ」と、フェルゲル。「問題の解決に手を貸そうか？」

ローダンは乗り気になれなかった。それでももしジュアタフがかれをイマーゴだと認めたら、さらに面倒なことになる。

「ギル・ゴルはそれを望まないだろう」

「あとのことはシュオ＝ゴン＝ウェンにまかせればいい。いくつか準備することがある。いっしょにきてくれるか、ミ・アウワ？」

カルタン人は申しわけなさそうにローダンに目を向けた。

「わたしの職務の一環なので……」

「かまわない。わたしはひとりでだいじょうぶだ」

ローダンはカルタン人とヴェンノクがいなくなるのを待ち、自分もその場をはなれようとした。ベオドゥが同族の女たちといるのをじゃましたくなかったから。

立ちあがろうとしたとき、近くで話をしている者たちが目にとまった。

左のほうのクッションの山の上に五名のカルタン人がすわっている。女が三名、男が二名だ。黄色くちらつく会話バブルが膨張してローダンをとりこみ、かれにも話が聞こえるようになった。

偶然ではなく、かれを議論に参加させる意図があるようだ。

話題はハンガイ銀河の通常宇宙への転移についてだった。

*

男の片方、黒いスタンドカラーのついたライラック色のローブを身につけたカルタン人が、大きな身振りを交えていった。

「チャリフ星系が異宇宙に転移するのが待ちきれない。最後の第四クォーターになってしまったのが残念だが、そう先のことではないだろう」

「待っていると緊張してくるわ」被毛に黒い鱗《うろこ》のある皮膚を貼りつけた女性がいう。

「最後の瞬間に、ヘクサメロンが転移を妨害してくるんじゃないかと思って」

「いやいや、親愛なるエンム」そういった男性は三角帽をかぶり、その鍔からは黄色い布が垂れ下がって、顔をすっかりかくしていた。「シュオ＝ゴン＝ウェンはつねにヘクサメロンの一歩先を行っている。〝最後の六日間〟の預言者がなにをしようと、ハンガイ銀河の転移を阻止することはできないさ。前半でメエコラーに行っておきたかったのはたしかだけど」

「向こうがどんなようすなのか知りたいわ」ピンクとオリーブ色の皮膚フィルムを貼った、べつの女性がいった。「どうにかして知る方法があると思う、ゾール？」

　ゾールと呼ばれた最初の男カルタン人が答える。

「いちばん確実な情報源は、実際に行ったことがある者だろう。噂ではハウリ人がメエコラーからもどってきているらしいけど、かれらに訊くわけにもいかないしな」

「メエコラーでの体験談が聞きたかったら、エンス、わたしにどんなチャンスがあると思う？」第三の、血のように赤いマントに身をつつんだ女性がいった。

　三角帽の男性が答える。

「わたしが恐れるのは、愛しいメイ、向こうからきた者にきみの魅力が伝わらないことだよ」

　ローダンは遅ればせながら、カルタン人たちがかれを会話の輪にくわえようとしていることに気づいた。ギル・ゴルはかれが不快な目に遭うことはないと約束したが、かれのほうから話をするように仕向けたいと思うカルタン人を、だれが責められるだろう？　ローダン自身、基本的にはヴィナウ＝カルタン人と話すのがいやなわけではない……かれらの過去に関する情報など、訊きたいこともあるから。だが、会話の内容やかれらの近づきかたから察するに、どちらも実のある話はできそうになかった。

「若くて活力にあふれた宇宙に転移するのは、きっとすばらしいでしょうね」エンムと呼ばれた、黒い鱗を貼りつけた女性がいった。「野性的で、まだ疲れきっていない種族との出会い。異世界でのサファリ・ツアー。宇宙蛮族との戦闘。それを打ち倒して正道を説く……考えただけでぞくぞくするわ」

「わたしは未開種族にわれわれの文化を教えてやりたい」ゾールと呼ばれた、ライラック色のローブの男性がいう。「われわれからどれだけのことが学べるだろう！　メエコラーの種族に文明というものを教えてやるんだ。つまり、数十億年あれば知性がどれだけ進化できるかを。正々堂々とやればいい。われわれには古くからの遺産がある。タルカンの生命体は、メエコラーの倍の時間を進化に費《つい》やしている。われわれは、カンサハリヤの全種族は、古来からの知恵を宿している。継承された経験をメエコラーの未開種族に伝えるんだ。生命の秘密に関するこの知識が失われるのは最悪だ。重要なのはそこだよ」

「メエコラーの蛮族に、われわれの伝えることが理解できるかな？」と、三角帽子のカルタン人、エンス。「内気すぎて、話しかけてくることもできないのでは？」

「メエコラーの原住民には、あらかじめ話しかける許可をあたえてある……非公式にだがね」ゾールが鷹揚《おうよう》にいう。

「言葉がわからないのかしら？」と、エンム。

ローダンはがまんの限界だった。しずかに立ち去ろうと思っていたのだが、この傲慢なカルタン人たちには冷水を浴びせる必要がありそうだ。

振り向くと五名のカルタン人が挑戦的にかれを見つめていた。自身の反応に、かれらにヒュプノで誘導されたのではないかというばかげた考えが頭に浮かんだほどだ。

「失礼、話に入れてもらってもいいかな。偶然にもわたしはメエコラーの出身で、向こうの事情も知っている。名前はペリー・ローダン、ギル・ゴルのゲストだ」

カルタン人たちは驚いたふりをして声をあげた。

ゾールが陽気に口を開く。

「かまわないとも、メエコラーからきたおかしな名前の異人よ。ペールと呼ばせてもらおう」

「メエコラーでの荒々しくて冒険に満ちた、危険な生き方について話してくれない、ペール？」エンムが興奮ぎみにたずねた。

「メエコラーの蛮族だわ！」と、メイ。

「なんて原始的で、発音しにくい名前なんだ」エンスが叫んだ。

「タルカンとメエコラーのちがいは、かんたんにいえばどうなる、ペール？」と、ゾール。

「古く死にゆく宇宙と、若く活気ある宇宙のおもなちがいは、きみたちがいっていたとおりだ」ローダンはにこやかに答えた。「タルカンでは数百年もすればこういう形態の生命体は存在できなくなり、メエコラーではまだ数十億年は存在しつづけるという事実をべつにすると、明確なちがいがひとつある。ストレンジネスだ」

　短い沈黙があり、ゾールがいった。

「たしかに……ストレンジネスか。つづけてくれ」

「もちろんきみたちには、この言葉がなにを意味するのかわからないだろう」ローダンはわざと見くだすような口調になった。「だからわたしが説明しよう。多元宇宙はひとつひとつが異なるストレンジネス定数を有することで区別される。これは異なる宇宙間でどんなかたちの物質の転移もできなくするためだ。このストレンジネスのちがいは、生命体にとりわけ強く作用する。一宇宙からべつの宇宙に転移する者ははげしいストレンジネス・ショックに見舞われることになる」

ローダンはわざと一拍置いて、質問もできずにいるカルタン人の聴衆をじりじりさせた。そのあと先をつづける。

「ストレンジネス・ショックには短期と長期の二種類がある。まず、一種の昏睡状態におちいる。考えることも、行動することもできない。この状態は数ヵ月つづく。短期ショックをくぐり抜け……心神医学的停止状態を切り抜けると……異なるストレンジネスに適合したように思える。だが、数年後、ストレンジネス変異が生じる。その影響は短期ショックよりもひどくなる」

「どんなふうにひどいの？」血のように赤いマントの女性、メイがたずねた。

「一時的な記憶喪失よりもひどい、恒久的な記憶喪失だ」ローダンが力をこめていう。

「脳細胞の不可逆的な崩壊で、徐々に判断力が衰えていく。もの忘れからはじまり、学んだことや受け継いだ知識を失い、原始状態に退行して、そのリモコンの使い方もわからなくなる。これがストレンジネスの長期的な影響だ。種族全体が退化して、その進行をとめることはできない」

ローダンは立ちあがり、ショックを受けているカルタン人たちを見おろした。

「失礼、ギル・ゴルから説明されているものと思っていた」

かれは自分のリモコンのボタンを押し、会話バブルの外に出るとかれらに背を向けた。

「親切とはいえませんね」《レダ》がピココンピュータを介していった。「身の毛もよだつ恐怖譚でカルタン人を震えあがらせるなんて。ハンガイ銀河ほどの大質量があれば、それ自体の時空とストレンジネスをいっしょに持ちこむので、住民が恐ろしい影響にさらされることはありません。よく知っているはずです」

「この件には口を出さないでもらえるかな、《レダ》？」ローダンがいらだたしげにいいかえす。「ばかにされたのはきみではない」

「あなたがああもかんたんに、原始的な本能に屈するとは知りませんでした。ただ、連絡したのはそのためではありません。プシ＝サイバー放射源の位置が割り出せたと思います。祝宴ホールの二階層上です。正確な場所はピココンピュータに送りますので、マークしておいてください。それでかまいませんか？」

「どういう質問なんだ。さっさとデータを送れ」

「もう送りました。それで、どうします？　ギル・ゴルに警告しますか？」

「それではだめだろう」ギル・ゴルは話に耳を貸さないか、すぐに警報を発するかのどちらかだ。後者の場合、敵は予定していた行動を、どんな行動かは知らないが、もっといい機会が訪れるまで延期するだろう。《レダ》をなだめるため、こうつけくわえる。

「どうするか、もうすこし考えたい。助言が必要なときはきみにたよることになる」

慎重にやる必要はあるが。

動きだそうとしたとき、赤い通話ビームが飛んできたのがわかった。最初はあの五名のカルタン人がまた議論をふっかけてきたのかと思ったが、目のすみにちらりとベオドゥの姿が見えた。すぐに声が聞こえてきた。

「断らないでもらいたいんだが、ワキアン、頼みがある」

ローダンはベオドゥのほうに顔を向けた。アッタヴェンノクは立ちあがっていたが、同族の女性三名がかれの腕をつかんでいる。

「いまはその呼び方をしないほうがいいんじゃないか？」と、ローダン。「ここにのこって楽しみたいなら、わたしに異論はない」

「どうしてわかったんだ？」と、ベオドゥ。

「人間のことがわかっているなら、ヴェンノクのこともわかるだけだ」ローダンが微笑しながらいう。

「理解してくれて感謝する……ペリー。夢のとおりだ」

「どうしてあれほど夢を秘密にしたがったのかが、わたしにはよくわからない」

「《レダ》から聞いてないのか？」ベオドゥが不思議そうにいう。「わたしが旅に出たら……もう二度と会えないとなったら、気にするか？」

「そんな夢を見たのか？」ローダンはいらだたしげにうめいた。プシ＝サイバー・プロジェクターを発見し、無力化しなくてはならないのだ。「夢のことはあとで話そう」

赤い会話ビームが消え、あらゆる方向から騒音が襲いかかってきた。静寂の球を展開して閉じこもることもできたが、かれはそうしなかった。

反重力リフトに向かいながら、かれはむしろ自分からカルタン人の会話にくわわっていった。多くは無意味だったが、いくつかメエコラー・プロジェクト関連の話の断片をひろうことができた。

ローダンはこの話題がいかに表面的に、無邪気にあつかわれているかを知って、動揺をかくせなかった。カルタン人はだれも技術的な問題に目を向けず、転移によってハンガイ銀河の者たちがこうむる変化をまともに考えようとしていない。この巨大プロジェクトの驚嘆すべき技術的・組織的偉業を称える声もまったく聞かれなかった。

ヴィナウ＝カルタン人にとって、これはなによりもまず社会的イヴェントであり、冒険への第一歩、安全な未来へのわくわくする跳躍なのだ。だれもがゾールやエンスやメイと同じように、自分たちは若い宇宙の未開な種族に文明とマナーを教える宣教師だと思っている。

かれらはこうした転移に内在する問題を無視するのと同じように、ヘクサメロンがプロジェクトにもたらす危機も、見て見ないふりをしていた。

通常宇宙で出会ったカルタン人とヴィナウ＝カルタン人が同じ種族だとは、信じられないくらいだった。それをいうなら、レン・ノやギル・ゴルなどプロジェクト機構に属するカルタン人も、どんな問題にも興味をしめさない、頽廃したヴィナウの住民とは一線を画していた。

反重力シャフトの入口はエネルギー・ハッチで封鎖されていたが、ローダンが近づくと自動的に解除された。反重力フィールドの極性を反転させて上昇し、二階層上の出口から外に出る。

そこは一種のハブ・ホールで、数本の通廊が全方位にのびていた。

「この階層です」と、《レダ》。

見るとあちこちに立ちどまったり、歩いたりしている者たちの姿が見えた。ただ、細部まではわからない。方向を見定めていたとき、それが起きた。

一ロボットと衝突したのだ。正確には、ロボットのほうが明らかに狙いを定めて衝突してきた。ロボットがほんのすこしはなれて動きをとめる。かなり高さがあり、ローダンは見あげる恰好になった。細いシリンダー型で、てっぺんから潜望鏡のようなものが突き出している。ロボットはそれをさらにすこしのばして前傾させ、乳白色の前面をローダンに向けた。

周囲に立っていたカルタン人たちが興味深げにかれらのほうを見る。

ローダンはロボットを迂回しようとしたが、相手はかれの行く手をさえぎり、同時に肩の高さから三本の把握装置を突き出して、ローダンの頸と左右の上腕をつかんだ。

「イマーゴ」ロボットがいった。「あなたはわれわれのイマーゴです」

ローダンはようやく、それがジュアタフ・ロボットだということに気づいた。

*

ローダンは驚きのあまり抵抗できなかった。身長が二・五メートル近いジュアタフ・ロボットはかれをつかんだまま、反重力フィールドで滑るように後退した。三本の把握装置から自由になろうとしてもむだだろう。ローダンはよろめきながら、ジュアタフ・ロボットに引きずられるように一通廊に入っていった。

「きみは誤解している」かれはなんとかロボットを騙《だま》そうとした。「わたしはきみが思っているような者ではない。わたしがイマーゴだと、どうしてわかる？」

「あなたです」と、ロボット。「イマーゴのオーラがあります」

ジュアタフ・ロボットは速度をあげ、ローダンは追従《ついしょう》するのに苦労しはじめた。背後からカルタン人の叫び声が聞こえる。この異常な出来ごとに興奮し、追いかけてくる者もいるようだ。

ジュアタフは角を曲がり、ドアに向かった。

「命令だ、すぐにわたしをはなせ！」ローダンが叫んだ。

「安全な場所に連れていきます」と、ロボット。「あなたを追っ手から救出します。かれらはあなたを殺そうとしている。目的はイマーゴの消滅です」

ドアがスライドして開くと、その先は暗い部屋だった。ロボットがかれを連れてドアをくぐろうとしたとき、通廊の向こうにカルタン人兵士の小部隊があらわれた。ギル・ゴルと同じコンビネーションを着用している。

武器を手にして、いまにも撃とうという態勢だ。

「撃たないで！」べつの方角から女カルタン人の声が聞こえた。さらにべつの、深く低い声が響く。

「ノルクル、呼吸する者をはなせ！」

声がしたほうを見ると、装甲服姿の一ナックとミ・アウワがいた。ジュアタフはローダンを暗い部屋に引きずりこみ、ドアを閉めた。

「あなたを救出しなくてはなりません」と、ジュアタフ。「かれらはイマーゴを消滅させようとしている。それは許されません。そんなことはさせない。わたしがあなたを救出します」

「むしろきみがわたしを殺しかけている」速度をあげつづけるロボットに闇のなかを引きずられながら、ローダンがいった。「わたしをはなせ。頸が折れてしまう。自発的についていくから」

「あなたは道を知りません。ノルクルはイマーゴを救出します」

「なぜ、かれらがわたしを殺そうとしていると思うんだ？　実際に手をくだすのはだれだ、ノルクル？」

　ジュアタフがいきなり停止して把握装置を解除したので、ローダンは勢いあまってロボットに衝突した。ロボットの頭部から突き出した潜望鏡の横に広角投光器が迫り出し、長くのびた通廊を照らし出した。両側には一定間隔で技術装置がならんでいる。

「シュオ＝ゴン＝ウェンはイマーゴを殺そうとしています」と、ノルクル。「主人がそういっていました」

「きみの主人はだれだ、ノルクル？」ローダンはジュアタフの名前を呼んだ。さっきの経験から、個体名を呼ぶと反応するのがわかったから。

「ゴン＝ウェンのダルフロルです。あなたは阻害要因で、イマーゴは消去しなくてはならない、と」

　そのときピココンピュータが音声信号で、《レダ》からコンタクトがあったと報告してきた。

　ジュアタフが電気ショックを受けたように震えたので、ローダンはロボットが《レダ》の周波数を感知したのだろうと判断した。

「自分の居場所に気づいていないのですか？」《レダ》がいった。「そこがプシ＝サイバー放射源です。ただ、いまのところ放射はとまっています。あれは試運転だったのでしょう」

「この異インパルスはなんですか？」ジュアタフは警戒して、ふたたびローダンをつかもうとしたが、かれはすばやくわきによけた。なにかにつまずき、うしろ向きに床に倒れる。

突然、照明が点灯した。ばたばたと足音が響き、呼びかわす叫び声が聞こえる。

「そこだ！　撃て！」

擦過音とともに白熱の熱波が押しよせてきた。光を感じた瞬間、ローダンは本能的に目を閉じて身を伏せた。

目を開けてからだを起こしたとき、ジュアタフのノルクルは溶けかけた金属骨格だけになっていた。

ミ・アウワが近づいてきて、気づかうようにかれの上に身をかがめた。

「けがはありませんか、ペリー？」と、心配そうにたずねる。

ローダンは彼女に顔をよせ、耳もとでささやくようにたずねた。

「シュオ＝ゴン＝ウェンはわたしをどうするつもりだ？」

彼女はあわてて周囲を見まわし、小声で答えた。

「人格の一部改変と、移送です」その先は声を大きくして、「だいじょうぶですか？

あぶないところでした。間一髪です！」

兵士のあいだからギル・ゴルが姿を見せた。

「これからゴン＝ウェンの会合に顔を出してもらいたい、ペリー・ローダン」

5

「ひとことだけ」会議室に入ってきたナックがよく通る声でいった。脊椎《せきつい》のないからだの胸と腹足は装甲服におおわれ、ブルーにきらめく背中だけが見えている。胸部にある六本の腕は把握装置のついた機械式ケースにおさまっていた。頭部はロボット化された視覚レンズと発話口のついたヘルメットで完全におおわれている。「わたしはダルフロルと呼ばれている。いうまでもなく、わたしのほんとうの名前は、きみには発音できないだろう」

かれは機械式の腕で、ドアの近くに立っている四体のロボットの前までローダンを引っ張っていった。どれもノルクルと同程度の大きさだが、幅は倍くらいあり、樽型の胴体からそれぞれ二本の柱のような脚と、同じくらい太い二本の腕がのびていた。

威圧的な印象だ。

「わたしが信頼する者たちだ」と、ナック。「きみがジュアタフと呼んだ、ノルクルと同じタイプになる。かれらをテストしてもらいたい、ペリー・ローダン。イマーゴ症候群におちいっていないかどうか、はっきりさせたい」

　四体のロボットの前に立ったローダンは、いい気分ではなかった。どう対応すればいいのかわからない。四体のジュアタフは停止していてなんの反応もしないので、気は楽だったが。

「きみたちはわたしがイマーゴだと感じるか？」と、かすれた声をかける。ロボットはやはり反応せず、ローダンは勇を鼓してたずねた。「こっちを見ろ！　わたしのオーラが感じられないか？　わたしにイマーゴの放射はないか？」

　ジュアタフは動かず、返事もしない。

「話せ」ダルフロルがうながした。「ペリー・ローダンの印象を述べよ」

「異人に特別なものはなにもありません」四体のロボットが同時に答えた。「オーラがあるとしても、探知できません」

　ローダンはほっとした。すくなくともこのジュアタフにわずらわされることはなさそうだ。

「こうなると思っていた」と、ナック。「とはいえ、ノルクルになにが起きたのかは謎のままだ。きみがなにかしたのか、ペリー・ローダン？」

「ジュアタフになにかさせる力があれば、わたしをほうっておけと命令している」ローダンが答えた。「ノルクルはわたしを待ち伏せし、拉致《らち》したのだ！」

「なんのために？」

「イマーゴを消滅から救おうとしていた」ローダンはナックをその場にのこしたまま、ミ・アウワの誘導にしたがって席に着いた。

大きな馬蹄《ばてい》形のテーブルがあり、その外側にシュオ＝ゴン＝ウェンの代表たちがすわる二十二のシートがならんでいる。U字の開いた部分には演台があり、かれはそこに案内された。ミ・アウワは緊張しきっていて、かれの視線を避けている。

「心配ない」ローダンがいった。「きみが恐がることはなにもないから」

「あなたのことが心配なんです」彼女は震えながらそういった。

「自分の面倒は見られる」かれは力づけるように笑みを浮かべ、ベルトのコンビ銃を軽くたたいた。法廷での判決……かれはこの会合を裁判だと考えていた……に、武器が役だつのかどうかはわからない。だが、むしろかれが考えているのは、ヴィナウのだれもその存在を信じていないハウリ人の秘密組織、ハン＝シュイ＝クォンの脅威についてだった。

ミ・アウワが演台のうしろ、ローダンのそばの席に着いた。

ナックのダルフロルがゴン＝ウェンのなかで最初に姿を見せた。外骨格と肉体の形状のせいですわることができないため、一ジュアタフがシートを馬蹄形テーブルの左側によせ、ナックが立っていられるようにした。

「ロボットはナックの世話係です」ミ・アウワが説明する。「ロボットといっていますが、実際にはサイボーグです。当然、サイボーグとして生まれたわけではありません。あとになって、手術でロボットのからだを得ています。そうした技術的支援がなかったら、ナックはまともに生活できないでしょう」

　ローダンにとっては目新しい話ではなかった。通常宇宙でも、エスタルトゥの力の集合体でナックを見ていたから。ただ、永遠の戦士に仕えていたナックが受けていた技術的支援はもっとちいさかったし……サイボーグなどいなかった。

　さらに次々とゴン＝ウェンが到着し、ミ・アウワはそのたびにローダンに情報を伝えた。とはいえ、やってきたのはカンサハリヤの二十二種族すべての代表にはほど遠い。ギル・ゴルをふくめ、集まったゴン＝ウェンは八名だけだった。それでもギル・ゴルは定足数を満たしたと宣言した。

*

　背後に四体のジュアタフをしたがえたダルフロルのそばには、出自の異なる小柄な種族の二名がすわった。ミ・アウワによると、ペエルガテーターとグリオルの代表だという。

　ローダンは《ナルガ・サント》のカルタン人に関するオーグ・アト・タルカンの日誌

でその種族名は知っていたものの、そこにかれらの外見についての記述はなかった。ペエレヴォムという名のペエルガテーターは身長が一・三メートルたらずで、ひょろ長い体形だ。頸はなく、細い胴体に直接つながった頭部は花のつぼみを思わせる。周囲の葉は感覚器官をおおいかくしていた。ときおりその葉が開いて花輪のような顔があらわれ、潤んだ目とO字形の口をのぞかせた。

手足は六本あり、三対が等間隔に配置されている。薄い肩から突き出した二本の腕はきわめて短く、胸からのびる二本の主要な腕の先端は鰭《ひれ》状の皮膚になっていて、ペエルガテーターはこれをとても器用に使う。細い脚は胴体の下端の大きな球状関節につながり、腰まである厚底のブーツにつつまれていた。

グリオルのイスタムは身長こそペエルガテーターと変わらないが、横幅が身長と同じくらいある。胸はたいらで背中は曲がり、肩からかけた大きなマントの下に鎧《よろい》でもつけているかのようだ。ちいさな頭部と筋肉質の両腕と両脚はほぼ完全に胴体のなかに引っこめることも、逆にかなりの長さにのばすこともできる。両手は不恰好で、それぞれ五本ずつ短い指がある。

この二名の侏儒《しゅじゅ》の横にはいくつか空席があった。あとはテーブルの湾曲部にある三つの席が埋まっている。ローダンが祝宴ホールで出会ったヴェンノクのフェルゲル、ラトバー・トスタンの〝丸太〟に関する報告で姿形は知っていたマモシトゥのマシュカム、それにミ・アウワがプランタ人と呼ぶ種族の代表だった。

セム・ト・タウタという名のプランタ人の代表は身長が二メートル半を超える偉丈夫だ。頭部は角張っていて、両側面にカタツムリの殻のような角《つの》があり、秀でた額が顔を横切っている。その下には肉に埋もれるようにして、ちいさなふたつの目があった。目の下には袋状の皮膚膜があり、それが肩のあたりまでつづいて、革製のように見えるコンビネーションの下に、頸のあたりで消えている。両腕は太く長く、手の指は五本。象を思わせる切り株のような脚は短く、シートにすわると床にとどかないほどだった。それでもかれはヒューマノイドといえるだろう。

セム・ト・タウタの皮膚は水死体のような色で、アルビノなのかもしれない……そのからだを見るかぎり、体毛はないようだ。

かれはフェルゲルとマシュカムになにかささやいたあと、異様に甲高いファルセットで、どうやら笑い声らしい断続的な声をあげた。

馬蹄形の会議テーブルの右側にぽつんとすわっているのは昆虫系の種族だった。細長い頭部にグリーンにきらめく複眼があり、ぎちぎちと音を立ててせわしなく口を動かしている。驚いた鶏が立てるような音だが、その姿は鶏には似ても似つかない。トゥゾという名前のクーペラレだ。

キチン質におおわれた四本の腕と湾曲した長い二本の脚はぴくりとも動かない。胴体をつつむだけで手足が自由な金属光沢のあるコンビネーションは、体色と同じ暗い赤褐色で、よく見ないと着用していることに気づかない。

のこるギル・ゴルはナックのダルフロルと向かい合うかたちで、テーブルの端にすわっていた。

「長々しい説明は不要だろう」ギル・ゴルが立ちあがっていった。「出席者全員、背景は充分に理解しているはず。そこは手短かにすませて、すぐに本題に入りたい」ローダンのほうを向き、直接語りかける。「きみは当事者でも被害者でもあり、もっとも情報に通じていて、この件の問題点にだれよりもくわしい。きみにも長い説明は不要だろう。了解してくれるか、ペリー・ローダン、それともなにか質問があるか?」

「そうだな」と、ローダン。「できればこの会合のテーマを教えてもらいたい」

ざわめきがひろがり、ギル・ゴルが声を張りあげた。

「テーマはきみ自身と、きみがベングエルとジュアタフ・タイプのロボットにおよぼす影響がプロジェクト機構とチャリフ星系にもたらす危険についてだ。それはまた、きみが寄生虫の下層民とロボットの大群をここに引きよせるのを防ぐことにもつながる。この問題を解決しなくてはならない」

*

ナックが話しはじめた。

「わたしのロボット従者だったノルクルの運命を見れば、メエコラーからきた異人のカリスマ性は一目瞭然だ」余裕ができたせいか、その声は低く深いものに変わっていた。変調した合成音声とは思えないほどだ。「ノルクルは完全に制御不能におちいっていた。その異人が惑星ナンサルに赴いた場合を想像してみろ。われわれの母星には同タイプのロボットが七十万体ほど存在する。その半分、あるいは四分の一でも異人の影響を受けたら、とんでもないことになるだろう。筆舌につくしがたい混乱が生じることになる。このことがナンサルに伝わる前にノルクルを処分できたのは幸運だった」

「わたしにナンサルを訪れるつもりがないことをべつにしても」と、ローダン。「きみはジュアタフに対するわたしの影響力を大げさに考えすぎだ。ノルクル以外のきみのロボット従者は反応しなかった。ノルクルが特殊な例だったのだろう」

「そうではない」ダルフロルが勝ち誇って反論した。「クラウンがイマーゴ症候群に感染する前に、スイッチを切らなくてはならなかったのだ」

ローダンは驚いて、ナックの背後に立っているロボットに目を向けた。そこにいるのは四体だ。

「ダルフロルが連れてきたジュアタフ・ロボットは六体です」ミ・アウワがいった。

「ナックはいつもそんなにロボット従者を連れているものなのか?」ローダンがたずね

る。

「例外的ではありますけど、ゴン＝ウェンが多くの従者を引き連れてくるのは認められています」ミ・アウワが小声で答えた。

ローダンはあらためてロボットに目を向け、ノルクルの件を思いかえした。なにかがおかしいと感じるが、それがなんなのかはわからない。一ジュアタフがかれをイマーゴと認め、ほかの四体が認めなかったというだけのことではないだろう。ちがいが生じたのにはさまざまな要因があるはず。ただ、ノルクルの態度には、かれを偶像視しているようでいながら敵対的なものが感じられた。兵士が駆けつけてノルクルを破壊しなかったら、なにが起きていたのだろう？

ほかの四体とノルクルのちがいはなんだったのか？〝イマーゴ症候群に感染しないよう〟スイッチを切ったというもう一体はどうなったのか？

グリオルのイスタムが話しはじめたため、それ以上考えることはできなかった。かれは頸をいっぱいにのばして注目を集め、ささやくような声でいった。

「じつのところ、このメエコラーからきた異人を安全な場所に閉じこめれば、危険はないと思える。当然、ペリー・ローダンも、科学的調査のためにわが身を捧げなくてはならないことはわかっているはず。そうすることでのみイマーゴ症候群を解明し、異宇宙からきた異人がどんなカリスマ性によって、ベングエルのような原始的種族の偶像となるのかを理解することができる」

「知識権限の中枢はどういうかな？」グリオルが話し終えると、すぐさまローダンが口をはさんだ。「転移先の宇宙の状況を知るための情報源にしたほうが、実験対象にするよりも有益ではないかとたずねてみたのか？」

「知識権限の中枢は関係ない」ギル・ゴルが反論した。「こんな些《さ》末《まつ》な問題には関与しないから」

「だが、相談くらいはすべきだ！」と、ローダン。

「その言葉はきみがなにもわかっていないことをしめしている」ギル・ゴルが諭すようにいう。「神託をもとめるように、知識権限の中枢に質問することはできない。特定のケースについて、なにをどうすべきか、向こうからいってくるだけだ。今回のように、なにもいってこないこともある。問題の解決はわれわれゴン＝ウェンにゆだねられているということ」

「きみがわたしをチャリフ星系に連れてこなければ、なんの問題もなかったはずだ、ギル・ゴル。わたしは自分から進んでここにきたのではない。いつでもチャリフ星系を去る準備はできている」

　数名のゴン＝ウェンから同意の声があがった。

「いずれそうする必要はあるだろう」と、ギル・ゴル。「ただ、監視はつけさせてもらう。きみを連れてくる前から用意されていたシュオ＝ゴン＝ウェンの提案を受け入れるなら、手つづきはもっと短縮できるだろう」

ギル・ゴルは言葉を切り、賛同をもとめるかのように、集まった面々を見わたした。

「ベングエルは昔から問題だった。文明化……家畜化というべきかな？……できず、指定した居留地にもとどまらず、カンサハリヤにもしたがわない。われわれよりも、ヘクサメロンのほうに親近感をおぼえるのだろう。要するに、われわれはあの悪疫を追いはらいたい。かれらがわれわれとともに転移しなければ、メエコラーの住民にとっても利益になるはず。計画はこうだ。きみをハンガイ銀河の外にある惑星、異宇宙に転移しない領域にある世界に移送し、そのあときみの居場所を大々的に広報する。イマーゴ症候群にかかったジュアタフとベングエルはその世界に殺到し、ハンガイ銀河からいなくなるだろう。この処置が終わったあと、きみが望むなら、その惑星から出ていけばいい。だが、きみはイマーゴであることを楽しんでいるんじゃないか、ペリー・ローダン？」

「イマーゴがどういうものなのか、明らかにわかっていないな」ローダンが憤然といいかえす。「そうでなければ、そんな計画を考えるはずがない。ジュアタフとベングエルがわたしと顔を合わせたらなにが起きるか、この目で見てきた。イマーゴの目の前で自殺するのだ。冗談ではない。数十億の知性体の死に責任を負うなど……」

「かれらはたんなる準知性体とロボットにすぎない」ギル・ゴルが口をはさんだ。「移送された惑星から出ていくという選択肢もある」

「まだわからないのか？」ローダンがはげしい口調で叫ぶ。「この自殺こそ、最後の六日間というヘクサメロンの教えから出てきたものだと？」

そのあとは考えこむような沈黙がつづいた。ナックのダルフロルが声をあげる。

「その場合、きみもまたヘクサメロンの道具ということになる。その点はどう考えているんだ、ペリー・ローダン？」

ローダンは熱をこめすぎたあまり、かえって状況が悪化していることに気づいた。これ以上反感が募る前に、なんとか現状を打開しようとする。

「わたしがヘクサメロンの道具なら、アンクラム星系でハウリ人の秘密組織を破壊するのに手を貸したりしなかったはず。チャリフ星系でハン＝シュイ＝クォンの陰謀を暴《あば》く手助けもしなかったろう。背後にある意図がわからないのか？　敵は混乱をもたらし、同盟関係を破壊しようとしているんだ！」

突然、ローダンは真相に気づいた。考察によってではなく、必要に迫られて発した言葉によって。

ジュアタフのヨルダンとノルクルの比較から、イマーゴ中毒と思われるノルクルのなにが気になっていたのか、はっきりとわかったのだ。ヨルダンはただのロボットではなく、知性と感情を持っていた。一方、ノルクルはイマーゴについて無感情に……いかにもロボットらしく……言葉を述べるだけだった。

　ここからわかるのは、ノルクルはイマーゴを対象にプログラミングされたロボットで、たぶんジュアタフでさえないということだった。もう一体のスイッチを切ることになったのは、イマーゴ中毒になっているのが判明したからではないか？

「ハン＝シュイ＝クォンはただの幻想で、そもそも実在しない」ギル・ゴルがいった。

「本題にもどろう。ゴン＝ウェンの多数が賛同する代替案がある。わたしは最後まで反対したが、最初の計画に対するきみの意見を聞いて、この代替案なら、きみが良心の呵責に苦しむことはないと断言できる。ベングエルもジュアタフも巻きこまない方法だから。関与するのはきみの人格だけだ、ペリー・ローダン」

〈ああ、きたな〉と、ローダンは思った。

　ミ・アウワはなんといっていた？　〝人格の一部改変〟だ。可能性はいろいろあるが、ローダンはどんな可能性を提示されても応じないつもりだった。

「メエコラー宇宙に関する知識を持つきみは、われわれにとって重要な存在だ、ペリー・ローダン」と、ギル・ゴル。「だからこそ、きみを下層民のために失いたくないし、ヘクサメロンに奪われたくもない。だが同時に、きみのなかにあるイマーゴを無力化したいという思いもある。そのためにはきみの知識と自我を研究しなくてはならない。なにがきみをイマーゴにしているのかがわかれば、ちょっとした介入でそのオーラを消去できるし……この機会にきみの知識を手に入れることもできる。きみも興味があるはずだ、ペリー・ローダン」

「まるで洗脳だな。そんなものに興味はない」

「きみの同意は必要としない」ナックがいった。「強制的に知識を開示させ、イマーゴをやめさせることもできる」

　ローダンがいいかえそうとしたとき、《レダ》から接続をもとめる信号が入った。

「このアイデアは、ゴン＝ウェンのダルフロル、あなたが考えたものなのか、それともロボット従者が考えたものなのか？」そういってから《レダ》の報告を聞く。

「問題が起きました」と、ドリフェル・カプセル。「プシ＝サイバー・プロジェクターが再起動しました。その会議室が放射の焦点で、あなたも標的です。マイクロ発信器を身につけていて、そのインパルスにプシ＝サイバー・フィールドが反応しています」

「ノルクルが発信器をとりつけたにちがいない！」ローダンはすぐにピココンピュータに指示して、偽ジュアタフが触った場所をミリメートル単位で調べさせた。ふたたび《レダ》に向かっていう。「プシ＝サイバー・プロジェクターの標的になっていないのはだれだ？」

「インパルスを発していない者は三名です。一名はあなたのすぐ横、もう一名は左に数歩はなれた場所にいます」

「ダルフロルか！」だが、ミ・アウワもそうだとは考えられない。

ピコンピュータから報告があった。

「通信インパルスは頸の部分、喉頭のすぐ下から出ています」

ローダンはしめされた場所をまさぐり、ケシ粒大の金属球を見つけた。それをとり去ると暗示インパルスが脳にとどき、周囲の環境が変化したように感じられた。

さほど考えもせずにマイクロ発信器をダルフロルのほうに弾き飛ばし、ナックの装甲服にくっつける。ローダンはミ・アウワの手をつかんだ。

「ここを出ないと。これはハン＝シュイ＝クォンの卑劣な暗殺計画だ！」

ミ・アウワは抵抗せず、すなおにしたがった。

ローダンは彼女がこの陰謀に関与していないことを確信した。

*

「ジュアタフのノルクルが破壊された部屋に案内してくれ」会議室を出ると、ローダンがミ・アウワにいった。「もうひとつ、すぐに警備兵に、ギル・ゴルたちゴン＝ウェンに危機が迫っていると伝えるんだ」

ミ・アウワが猫らしくしなやかな足どりで先に立ち、ローダンは遅れないよう懸命に足を速めた。歩きながら彼女がたずねる。

「ハン＝シュイ＝クォンの話は本気だったんですか？」

「これ以上なく本気だ」

スライド式の二枚扉の前に出る。それを開けると、ローダンにはなじみのない技術装置の詰まった部屋だった。

「ほかに道はないのか？」

ミ・アウワは無言で先を急ぎ、壁の前で足をとめた。一辺が半メートルほどの蓋の輪郭が見える。

「技術要員が使う非常用通路の入口です。この先になにがあると思います？ 固定された装置類と、スイッチを切られたダルフロルのジュアタフ・ロボット以外、なにもありません」

「そうだと思った」ローダンはそう答えたが、失望してはいなかった。ミ・アウワが蓋を開けると、水平にのびるシャフトがあらわれた。「さ、警報を鳴らせ！」

もぐりこんで這い進むと、シャフトは数メートルで終わっていた。弱いエネルギー・バリアが張られている。ネット・コンビネーションのエネルギー走査機によると、触れても軽い電気ショックがあるだけらしい。ローダンは奥歯を嚙みしめて前進した。ちりちりした不快な感覚があるものの、それだけだ。個体バリアを使うのは大げさすぎるだろう。

シャフトを出て、床に膝をつく。左手二十メートルほどのところで警告灯が光り、そこから音も聞こえてきていた。測定するまでもなく、それがプシ＝サイバー・プロジェクターなのは明らかだ。

慎重に這い進み、途中の装置の前を通過するときは確実に裏側ものぞきこんだ。どうやら敵は一名だけらしいが、絶対とはいえない。どこかに援軍が待機しているかもしれなかった。ヘクサメロンの預言者は、この階段ピラミッド形宮殿のあらゆる重要地点に配置されているはず。

次の装置の前を通過しようとして、ローダンは思わず飛びすさった。あのジュアタフがいる……制御卓に背を向けて。

分子破壊銃にセットしておいたコンビ銃の安全装置をはずし、ロボットに狙いをつける。だが、相手は反応しなかった。スイッチが切られている。ローダンはさらに接近し、ためしにこぶしで外殻を軽くたたいてみた。うつろな音が響くだけで、かれはたじろいだ。

遠くから聞こえていた音が大きくなる。音源が近いようだ。警告灯まであと五メートルほどだった。その気になれば荒い息づかいさえ聞こえそうだ。

ゆっくりとその場で立ちあがり、武器をかまえる。装置の陰から慎重に頭を突き出すと、敵の姿が見えた。

思ったとおり、ハウリ人だ。

身長二メートル強、いかにもハウリ人らしく痩《や》せている。カーキ色のコンビネーションは胴のあたりがだぶだぶで、かれが腕を動かすたびにかさかさと音を立てた。呼吸音がはっきりと聞こえる。苦しんでいるような荒い息づかいだ。

ハウリ人はローダンに背を向けて、大型装置の一部らしいもののほうを向いていた。カヴァーをはずして無造作にわきに置くと、その下にあるならんだパイプが見えた。一見、パイプオルガンを思わせる。ハウリ人が名演奏家のようにそれを〝演奏〟する。息づかいがさらにはげしくなった。キイボードを操作しながら興奮が高まっているらしく、合間に鋭い声をあげはじめる。

突然、ハウリ人が凍りついた。

ローダンが武器をかれに向け、カルタン語で叫んだのだ。

「プロジェクターからはなれろ！　おかしな動きはするな！」

言葉は通じるはずだ。カルタン人領域に潜入する工作員が、カルタン語を理解できないわけがない。

ハウリ人がゆっくりと振り返った。両腕を垂らしてからだに押しつけている。不審な動きはなく、降伏しようとしているようだ。ただ、骨の上に黒い革を張ったような顔のなかの両目は悪魔的なグリーンにぎらぎらと輝いていた。

「プロジェクターからはなれろといったぞ！」と、ローダン。

ハウリ人は顔をゆがめることもなく、わきによろうともしなかった。必要なら相手を麻痺させるため、ローダンがコンビ銃の機能を切り替えようとしたとき、目のすみに影が見えた。気のせいかもしれないが、背後で黒いものが動くのを感じる。

振り向くと同時にわきに飛びのいた。直後に金棒のようなロボットの腕が目の前をかすめる。ローダンは反射的に発砲し、ビームがジュアタフの胴体中央に命中した。そのまま発射ボタンを押しつづけ、ロボットがまっぷたつになって動かなくなるまで分子破壊ビームを浴びせる。

ほんの数秒のことだったが、ハウリ人が襲いかかるにはそれで充分だった。ローダンは空気の動きを感じ、撃ちつづけながら振り返った。ハウリ人は分子破壊ビームの直撃を受け、ローダンにおおいかぶさるようにして息絶えた。

望まないなりゆきだった。ヘクサメロンの工作員は生かしておいて、所属する組織についての情報を聞き出すつもりだったから。

死体をわきに転がし、プシ＝サイバー・プロジェクターの前に立つ。キイボードと目盛りの表示を見て、すぐに降参した。操作方法を調べていたのでは、まにあうようにプロジェクターのスイッチを切ることはできそうにない。

考えるのをやめ、コンビ銃を装置に向けて、機能が停止するまで分子破壊ビームを浴びせる。

　武器をおろすと同時に長い通廊の両側のドアが開き、武装したカルタン人が殺到してきた。武器を抜かないまま、主通廊を駆けてくる。

「ここでなにをしている？」ローダンはそういって歓迎した。「事件は終わった。会議室に駆けつけるべきだったな」

「ミ・アウワにいわれてきたんです」部隊の先頭にいたカルタン人がいった。

「それで、ミ・アウワはどこに？」と、ローダン。

　カルタン人はあたりを見まわし、わからないという身振りをした。

「道をあけろ！」ローダンは叫ぶと同時に、兵士たちのあいだに突っこんだ。かれらが左右に分かれてできた道を突っ走る。数名がついてきた。かれの反応から、べつの場所で問題が起きているのを悟ったのだろう。

　ローダンはミ・アウワが会議室にもどったのを確信していた。だが、なぜ単独で？　どうして兵士全員をここに向かわせた？　まさか自分だけで状況をどうにかするつもりか！　つながりと首魁《しゅかい》はわかっているつもりだろうが、ほんとうの脅威については疑ってさえいないはず。

　たぶん彼女はジュアタフ・ロボットとされる四体には注意をはらわず、背後で糸を引いていると疑われる者に……

ローダンがドアを蹴破る勢いで会議室に飛びこむと、そこには不気味な光景がひろがっていた。

ゴン＝ウェンたちがさまざまな姿勢で床の上にうずくまっている。ついさっきトランス状態か気絶状態から回復したばかりらしく、まだ正常には復していないようだ。

ギル・ゴルだけは立ちあがり、両手をテーブルについてからだを支えていた。なかば顔をあげ、ぼんやりとミ・アウワを見つめている。彼女はテーブルを迂回して、武器をかまえたままゆっくりとナックに近づいていった。

ダルフロルは唯一、プシ＝サイバー・フィールドの影響を受けていないようだった。ローダンにはその理由がわかっていた。ナックには追跡装置がつけられていなかったのだ。

ミ・アウワにとってはこれが決定的な証拠となった。

彼女がナックになにかいったようだ。ナックが答えたが、そのとき四体のジュアタフが動きだしたため、ローダンにはなんと答えたのかわからなかった。ジュアタフ・ロボットは側面にまわりこみ、標的をさまざまな角度から狙える有利な射撃位置をとろうとしていた。

「ミ・アウワ……ジュアタフだ！」ローダンが叫んだ。「ギル・ゴル……かくれろ！」

ミ・アウワは即座に反応したが、それはまったく予想外の反応だった。いちばん近くのロボットに狙いをつけて一発撃ちこみ、なにが起きたのかまったく理解できていないらしいギル・ゴルを、自分のからだを楯にして守ったのだ。

彼女は三体のジュアタフの銃撃をまともに受け、その犠牲によってゴン＝ウェンのギル・ゴルの命は助かった。

ロボットに二射めの機会はなかった。ローダンとついてきたカルタン人たちの斉射を受け、外殻が溶け落ちる。

ローダンが床に倒れたミ・アウワのもとに駆けつけたとき、ギル・ゴルはまだ茫然と立ちつくしていた。まだ彼女の息があるかもしれないという希望は打ち砕かれた。

ギル・ゴルのために命を捧げたのだ。

「ロボットじゃない！」被弾したジュアタフを調べていたカルタン人が声をあげた。「なかにハウリ人が入っています」

ローダンはダルフロルに向きなおった。ナックは個体バリアを展開したままテーブルの陰に身をかくしていた。

「きみをきびしく尋問することになりそうだな、ゴン＝ウェンのダルフロル」ローダンがいった。「きみは五名のハウリ人をロボットに偽装し、イマーゴ症候群をプログラミングしたロボット一体とともに連れてきた」

「わたしも騙されていたのだ」ナックはそういって個体バリアを切った。

「では、きみがプシ＝サイバー・フィールドの影響を受けていないことをどう説明する？」会議室にはナックとミ・アウワのほかにもう一名、発信器をつけていない者がいたが、そのことは黙っておく。だが、ダルフロルの機転の利いた答えには驚かされた。

「きみがわたしにつけようと投げてきた発信器をたたき落としたからだ、ペリー・ローダン。だが、きみの責任は問わない。事態を複雑にしたくないから。わたしはもっともシンプルな解決策をつねに模索することを学んできた。ゆえに、この部屋にいる者は、暗殺者自身をのぞいて、だれひとり事件には関与していないと考える」

「そうかもしれない」ローダンはそういいながら、発信器を持っていなかったのこる一名のゴン＝ウェンはだれだろうと自問した。その者もまったくの無関係ではないだろう。可能性として、ナックが話をシンプルにしたのは、その者に疑いがかからないようにするためかもしれない。

「ミ・アウワ！」兵士たちが彼女の遺体を白いプラスティック・フォリオでおおうと、ギル・ゴルが突然、ひび割れた声で叫んだ。

＊

ギル・ゴルが別荘にペリー・ローダンを訪ねたのはバオ宮殿の事件の翌日、標準時で二十八時間後のことだった。

　ローダンはひとりだった。ベオドゥはまだもどっていない。

　ギル・ゴルはからだに合わないコンビネーションを着用していた。エスタルトゥのシンボルはついていない。ひどく意気消沈したようすだった。

「わたしの態度を謝罪したい」と、ローダンにいう。「きみが慎重な行動でわたしと数名のゴン＝ウェンの命を救ってくれたからというだけではない。きみのことを誤解していた、ペリー・ローダン。だれかを判断するのに、報告書の印象だけで決めるか、実際に会ってから決めるかで、ずいぶんとちがいがあるようだ」

　ローダンはいま、この瞬間に皮肉っぽいいい方はしたくなかった。だからチャリフ星系の住民が急にもうベングエルとジュアタフ・ロボットの侵攻を恐れなくなったのかとはたずねなかった。

「きみの命を救ったのはミ・アウワだ。攻撃は明らかにきみを狙ったものだった」

　しばらく沈黙があり、ギル・ゴルがふたたび口を開いた。

「わたしが殺したようなものだ……彼女はわたしの……われわれ、とても親しかった。ミとわたしは。彼女を失った心の傷は深い」

　そのあとふたたび長い沈黙があり、やがてギル・ゴルが報告した。

「グリオルのゴン＝ウェン、イスタムが白状した。ダルフロル以外でプシ＝サイバー・フィールドの影響を受けなかったのは自分だと。恐怖から影響を受けたふりをしただけで、犯罪に手を貸してはいないといっている」

「ダルフロルのいうとおり、ハウリ人以外に関与した者はいないんだろう」と、ローダン。「だが、ハン＝シュイ＝クォンの存在は疑問の余地がなくなった」

「捜査は継続中だ。ところで、きみの友のアッタヴェンノク、ベオドゥについても報告がある。かれはフェルゲルの秘書の三名の女アッタヴェンノクと仲よくなって、惑星ジャリプに向かった。きみもあす、政府便で第三惑星に視察にいかないか？」

ローダンにはそれが、仕事に没頭することで、ミ・アウワを失った悲しみを早く忘れたがっていると感じられた。ローダン自身、彼女のことをよく知っていたわけでもないのに、まるで親しい友を亡《な》くした気分だった。

ミ・アウワはほかのカルタン人とはずいぶんちがっていた。ほかのヴィナウ＝カルタン人にはない、ギル・ゴルにさえない特質を持っていた。知識への欲求、情報への飢えがあり、宇宙レベルの関係性まで知りたがっていた。

「どういう趣旨の視察なのか訊いてもいいかな？」ローダンがあまり興味のなさそうな顔でたずねる。

「シュオ＝ゴン＝ウェンの本部に行かなくてはならない」ゴン＝ウェンの答えは簡潔で、多くは語りたくないらしい。かれはすぐに話題を変えた。「ただ、きょうはこのあと、われわれが参加すべき行事がある。いい気晴らしになるだろう」

早く忘れるのに役だつ、とはいわなかった。

「われわれ？」ローダンはあきらめたようにため息をつき、なにが待ち受けているのだろうと思った。

6

画面にうつった不機嫌そうなカルタン人がいった。

「ワキアンに映像通信です。つないでいいですか？」

「つないでくれ」ペリー・ローダンが答えた。

すぐにアッタヴェンノクのベオドゥの映像があらわれた。最後に見たままの姿だ。ゆったりしたローブをまとい、からだの中央でベルトを締めている。背景は暗く、どこにいるのかはわからなかった。

「ペリー、あなたに直接連絡がとれないので、このメッセージを送る。わたしは惑星ジャリプの首都ナングハ＝タンにあるアッタヴェンノク居留地にいる。タミラとヌウンズとイルナンに……レセプションでミ・アウワが紹介してくれたかわいい女の子たちに招待された。また同族のなかにいるのはいいものだ。だが、ずっとジャリプにいるつもりはない。あなたとの深遠な会話が懐かしい。ここで真剣な話をすると、だれもが恐がって逃げてしまう。ま、こんな状態はそうつづかないだろうが。あなたが心配しないように連絡して、すぐにもどると伝えたかっただけだ。もどったあとは……できれば……またいっしょに冒険をつづけたい」

映像メッセージが終わった。どうやらベオドゥは、ミ・アウワが命を落としたことをまだ知らないようだ。ローダンはあのあとすぐに別荘にもどったので、ベオドゥが直接連絡してこない理由はわからなかった。

「きょうはわたしあての通信を遮断していたのか？」と、《レダ》にたずねる。

「まさか！」ドリフェル・カプセルが憤然と答える。「いずれにしても、もどってから通信は一件も入っていません。ただ、それはギル・ゴルの部下が別荘の回線を盗聴している可能性があるからかもしれません」

「そっちにもどって、ベオドゥの夢の話を聞くことにする」ローダンはそういって別荘をあとにした。ドリフェル・カプセルに乗りこみ、操縦席にすわって寛ぐ。

「夢の話を一語一句忠実に再現するんだ。ベオドゥとの個人的な会話ははぶいていい」

「いずれにしても、一種の守秘義務がありますから」《レダ》がいった。「夢の内容はこうです……」

*

気がつくとはげしい嵐のなかだった。電光と雷鳴。やがて三体の女神が近づいてきた。

捧げものを……生《い》け贄《にえ》になった動物を運んで。いや、動物じゃない。殺された知性体だ。わたしは苦痛と悲しみを感じる。女神はわたしをなぐさめるが、それははるか昔に失った感情を目ざめさせただけだった。恥ずかしい。なぜなら、死を前にして、わたしは愛のことを考えていたから。悲しみはもうなく、苦痛も去り、あるのはよろこびだけ。この高揚感は自分がいつのまにか拷問室に転移していても終わることがなく、感じる痛みは幸福感をエクスタシーにまで高め、精神はもっと高い領域に撃ち出され、わたしはそこから自分自身を、つまり自分のからだを見おろして、それが分子に崩壊するのを眺め……わたしは死を経験した。でも、それはちいさな死だ。心地よい疲れが全身にひろがり、わたしは無のなかを漂いながら待った……不安と希望をいだいて。痛みをともなう幸福感は痛みをさらに強め……この不思議な領域での体験をどう言葉にすればいいのか……

*

「ベオドゥの夢は以上です」《レダ》がいった。「かれは独自の解釈をつけくわえ、たぶんこれはメエコラーへの転移の夢だといっていますが、わたしが思うに……」
「もういい」と、ローダン。「きみにはたぶん理解できないベオドゥの感情世界を、深く掘り下げるつもりはない」

「そういわないでください」《レダ》が不服げにいいかえす。「ミ・アウワはわたしの共感能力を褒《ほ》めていました。メエコラー宇宙論の最初の講義のあと、彼女と長いこと話していたのは知っているはず。ミ・アウワはほかのヴィナウ＝カルタン人とくらべて、非常に先進的でした。大きな計画も考えていたんです」

「どんな計画だ？」と、ローダン。

「大っぴらにはしていないものの、彼女は反逆者でした」《レダ》はもの悲しげな口調になった。「自分が育った社会システムを評価しておらず、それを変革しようにも、自分の無力さに絶望していました。それでも彼女の目標は、いつか実務調整者に、あるいは特権保持者になることで……そんな野心的な計画も暴力的に打ち砕かれたわけです」

「だからといって、ハン＝シュイ＝クォンの手先になるのは問題外だ」

「よくもそんなことが！」《レダ》の声に憤りがにじむ。「ミ・アウワはヘクサメロンの哲学に反対を公言しつつ、いまの社会秩序にも賛同していませんでした。ゴン＝ウェン制度が気にいらず、愛するギル・ゴルともしょっちゅう口論していたそうです。彼女はハンガイ銀河がメエコラーに転移する日を待ち望んでいたんです。その結果、ハンガイの住民があらたなインパルスを得ることを期待していました。タルカンの死の息吹がすべての存在を満たし、満足させ、無気力にしているといって。メエコラーの生命の鼓動が遺伝子を若返らせるとかたく信じていました」

「そんなロマンティックな宇宙論を考えていたとは知らなかった」と、ローダン。「わたしにはそんな話はしなかったから」

「たんなるロマンティストではありません。意志が強く、無私の戦士であり、恐れを知らず、明確な目標を持っていました。カルタン人だけでなく、カンサハリヤの〝お偉がた〟たちにも果敢に立ち向かいました。これは彼女が権力者をさして使った表現です。ミ・アウワは通常宇宙でその理想を実現させるにふさわしい者でした」

「そこまでだ！」思った以上に声が鋭くなった。《レダ》の言葉がそれだけ響いていたのだ。

「もうひとついいたいことがあるのですが……かまいませんか？」しばらく待ってもローダンがなにもいわないので、《レダ》はそれを同意と判断した。「ハンガイ銀河の住民はエスタルトゥという名前を聞いたことがなく、ミ・アウワも例外ではありませんでしたが、彼女はその存在を否定しませんでした。五万五千年前にエスタルトゥがハンガイ銀河に転移インパルスを送り、その後ヘクサメロンに敗《やぶ》れて消滅したなら、カンサハリヤの諸種族は孤立無援になり、かんたんにヘクサメロンの手に落ちたはずと彼女は考えました。わたしもカルタン人に同意して、そんなところだろうと思ったもの。ですが、ミ・アウワはさらに考察を深め、カルタン人とほかの二十一種族がその影響を受けずに進化していれば、もっと高度な技術文明が標準になっていたはずだと考えました。自分の種族が頽廃し、進歩に興味をしめさないのは、ヘクサメロンのしわざだと結論したんです。要約すれば、〝ヘクサメロンがわたしの種族に無為な生き方をさせ、六日間の最終日を迎えさせようとしている〟ということ。あなたやわたしにとっては論理的な帰結ですが、ヴィナウのカルタン人にはあまりにも革命的な思想です」

「感謝する！」ローダンがいった。「おかげで理解が深まった、《レダ》」

操縦室を出て、ヴィナウの映像を見て時間をつぶす。ミ・アウワの偉大さがよくわかった。

ギル・ゴルがようやく《レダ》に誘導ビームを送ってきた。かなり腹を立てているようだ。

《レダ》が誘導ビームに乗って外洋に出ると、発達した積雲のなかに趣味の悪いベンチ型ブランコのような飛空船が浮かんでいた。

《レダ》が風下側に接舷し、ローダンが飛空船に乗りうつる。死んだミ・アウワの映像もいっしょだった。

*

ローダンがギル・ゴルに要望したとおり、全員がそろっていた。

ペエルガテーターのペエレヴォム、グリオルのイスタムと大柄なプランタ人のセム・

ト・タウタ、ひかえめで寡黙なマモシトゥのマシュカム。ヴェンノクのフェルゲルはベオドゥの〝新婚旅行〟について下品な皮肉をいってローダンに挨拶した。昆虫知性体のクーペラレのトゥゾはローダンの到着に気づかないふりをし、ナックのダルフロルはロボット従者を連れずにきていて、金属マスクのままローダンに会釈した……友好的なのか、それともサイボーグの復讐に燃えているのか？

もちろんギル・ゴルも乗船している。カルタン人は楽しそうではなく、ローダンとかれだけになると、こうささやいた。

「ほかのゴン＝ウェンを乗船させるには、きみが重要な事実を暴露するからと告げる以外なかった。それぞれがどう理解したかはともかく、かれらはやってきた」

飛空船は全長四百メートル……カルタン人のたいていの宇宙船より大きい……で、船首像が前後についた、膨らんだ帆船に似ている。マストも三本あるが、それらは衛星番組を受信するためのアンテナだ。

デッキは十階層で、側面は吹き抜けになっている。防御バリアに構造亀裂をつくれば、風に吹かれながら星空を眺めることもできた。

各デッキにはバオ宮殿とほぼ同じ、時間つぶしを唯一の目的とした、さまざまな娯楽が用意されている。

ローダンはもちろん娯楽に耽溺《たんでき》することはなく、ほかの者たちがやすやすと無為に流れるのを認めるつもりもなかった。

かれは怒りのあまり攻撃的になっていた。貴重な者を失った嘆きを押しこめておくためにも、そうならざるをえない。いま必要なのは嘆きではなく、償いだった。

最初の犠牲者はナックのダルフロルだった。

ローダンは船内をぶらぶらと、デッキからデッキへ歩きまわっていた。そこへナックがマストのようなアンテナのある浮遊プラットフォームで近づいてきた。

「探していたんだ、ペリー・ローダン」ダルフロルが反重力装置のスイッチを切っていった。「話がある」

「ちょうどよかった、ダルフロル」と、ローダン。

「きみはまだ、わたしがハン＝シュイ＝クォンの陰謀に関わっていたと疑っているのか？」ナックが単刀直入にたずねた。「答えは聞きたくない。ただ、自分の無実を証明し、わたしの種族への疑念を晴らす方法がある。きみを公式にわれわれの故郷世界、ナンサルに招待したい。そうすれば、わたしの種族のことが多少はわかるようになるだろう」

「ナックにはメエコラーで会っている」ローダンの口調は攻撃的だった。「五万年以上前にエスタルトゥ主導の《ナルガ・サント》でメエコラーにきた入植者の子孫たちだ。技術的にはきみに劣るが、それ以外はよく似ている」

「そんな昔に同族がメエコラーに行っていたとは、とても信じられない」と、ダルフロル。「エスタルトゥの伝説はどうでもいいが、かれらのことはもっとよく知りたい。ナンサルにくれば、いろいろ比較できるだろう」

「メエコラーのナックのメンタリティはほとんど変化していなかったようだ」ローダンはたび重なる招待を無視してそういった。「メエコラーのナックは自分たちのためだけに生きている。なにをするにしても、自分たちの利益が第一だ。かれらは上位次元領域で起きていることを見聞きする特殊能力の持ち主で、プシオン流を感知し、操作することができる。これがかれらをかけがえのない存在にしている……あるいは、していた。中立を標榜《ひょうぼう》し、宇宙的な問題に関わらないと主張しているが、十二銀河の住民を抑圧する権力者、永遠の戦士のために働いていて、当然、抑圧の責任を問われる立場にある。メエコラーのナックは他者にどんな影響があるかを考えず、永遠の戦士に協力していたのだから。自分たちの利益しか頭になかったのだ。ハンガイのナックはどうかな？」

　ローダンは相手を挑発するため、わざと一方的ないい方をしていた。それが功を奏したようだ。ダルフロルはこういった。

「あなたは賢者、ヴェンノクのいい方を借りれば〝ワキアン〟だと思っていたが、わたしにいわせれば狂信者だ」

　かれはローダンに背を向け、浮遊して去っていった。

＊

ヴェンノクのフェルゲルにはカジノで出会った。かれは飛空船レースのホロラマを見ているところだった。《トラントン》という飛空船に賭けているようで、熱心に声援を送っている。

「ゴン＝ウェンとしての仕事にも同じくらい熱心だと期待したいな」と、ローダンは声をかけた。

　フェルゲルは冷水を浴びせられたようになった。

「仕事と娯楽は別物だ」と、いいかえし、ローダンが意味を知りたいとも思わないうなり声をあげてから、いいわけするようにつけくわえた。「知識権限の中枢からのあらたな指示を待っているところだ。それがないとわれわれ、両手を縛られているも同然だから」

「指示がこなければ指一本動かさず、ハンガイが没落するにまかせるつもりか？」

「数日中には知識権限の中枢から連絡があるはず」フェルゲルは頭翼をひろげ、その両端にある目でローダンを意味ありげに見つめた。「きみに直接関係する指示もあるかもしれない」

「脅迫のつもりか？」と、ローダン。

「ほかの者たちとちがって、わたしはきみを不愉快だとは感じていない。ただ、ときどきわずらわしく思うことはあるな」

「きみたちゴン＝ウェンには主体性というものがない」ローダンがいった。「命令に盲目的にしたがうから。そのほうが楽なのはたしかだ。だが、知識権限の中枢がヘクサメロンの道具だとか、そもそもヘクサメロンそのものだとか考えることはないのか？　偽の権威に盲従しているのではないかと疑問を持つことは？」

フェルゲルは興奮して飛びあがった。

「冒瀆《ぼうとく》すれすれだ！」と、激怒して口笛のような音を立てる。「知識権限の中枢を疑う余地はない。それはプロジェクトの意志そのもの、過去と現在のゴン＝ウェンすべてのプロジェクト知識の精華だ。正確にいうなら、ギル・ゴルやダルフロルやわたしをふくめ、ゴン＝ウェン全員が知識権限の中枢の一部なのだ。われわれの知識と意志、過去のゴン＝ウェンすべての知識と意志を集めたプシオン的な貯水池が知識権限の中枢にほかならない。その点を知っておくことだ、ペリー・ローダン」

「そのプシオン的な貯水池はハイパー空間のどこかにあって、メエコラー・プロジェクトが道を見失うと、そのたびに水門を開くわけだ」ローダンが揶揄《やゆ》する。「そんな神秘的な存在はもちろん都合がいいし、ゴン＝ウェンの責任を肩がわりしてくれる。なにかがうまくいかなくても、知識権限の中枢の責任になるだけだから。だがな、フェルゲル、ときとしてそんな楯の陰にかくれていられない事態が発生するんだ。そのときは自分たちの行動の、あるいは行動しなかったことの説明をしなくてはならない。リウタルフという名前に心当たりは？」

「その裏切り者が全ヴェンノクを代表しているわけではない」と、フェルゲル。「プロジェクト機構の面々はなおさらだ」

「リウタルフは例外的なケースだろう」ローダンが同意する。「だが、かれが寛容の原理を、生きて生かす原理を裏切り、〝最後の六日間〟の死の哲学を受け入れたのは事実だ。よき友フェルゲル、これは例外ではない。いつまた起きてもおかしくないし、シュオ＝ゴン＝ウェン内部から出てくることさえあるだろう。なぜかわかるか？ きみたちが権威に飢えているからだ。ちょうどいいときに偽預言者があらわれたら、かんたんにとりこまれてしまう。命令されたとおりに動くのは楽だから。権威からの命令は、それがどんな命令でも、つねに正しいと思ってしまう。結局、権威はなんのためにある？ 一方、だれかがやってきて怠惰な精神に活を入れ、質問し、あらたな考えについて議論しようとすれば、それはいかにも不快で面倒で……」

「わたしはつねにきみの味方をしてきた、ペリー・ローダン」ヴェンノクが断言した。「バオ宮殿でも、ゴン＝ウェンのイスタムとの議論できみを擁護しつづけた。非難すべき相手がいるとすれば、それはあのグリオル……ほか数名のゴン＝ウェンだ。わたしではありえない。ミ・アウワの空想的な話にも耳をかたむけ……」

「ああ、つづけてくれ、フェルゲル」

「そもそもこれはなんなんだ……尋問か？」

ヴェンノクに見透かされ、ローダンは内心で悪態をついた。それまでかれは巧みな誘導でフェルゲルの目をそらし、尋問であることを悟らせなかった。なんにせよ、ヴェンノクのゴン＝ウェンは明らかに、本来のあり方を忘れてはいないようだ。かれのような者がもっといれば、ハンガイ銀河の諸種族もまだ手遅れにはなっていない。

「ミ・アウワについて、なにをいいかけたんだ、フェルゲル？」

「彼女を特権保持者にするかどうかの投票で賛成票を投じ、その後シュオ＝ゴン＝ウェンにくわわることにも賛成しようと思っていた」と、フェルゲル。

「きみのほかに賛成していた者……あるいは、反対していた者は？」

「ギル・ゴル以外、全員反対だったはず」

「もうひとつだけ質問したら、わたしは退散しよう」

「わたしの言葉を信じるのか？」

「いずれわかる……バオ宮殿でグリオルのイスタムと、なんの議論をしていた？　簡潔にたのむ」

フェルゲルはしばらく考えてから、言葉を選んで話しはじめた。

「イスタムはきみの隔離を主張した。ほかの賛同者、ゴン＝ウェンのペエレヴォムとともに。また、イスタムはトゥゾ、セム・ト・タウタ、ペエレヴォムを代表して、ミ・アウワをきみの関係者として排除し、裁判にかけるよう主張した。かれらにとっては充分な理由になる。だが、わたしは……」

「感謝する。きみ自身を弁護する必要はない！」

＊

「貴重な時間をすこし割《さ》いてもらえるかな、ゴン＝ウェンのトゥゾ？」ローダンが昆虫知性体にたずねた。トゥゾは第四デッキの手すりの前に立って風に吹かれていた。ローダンがかれの複眼の視界に入っても、クーペラレは振り向こうともしなかった。四本の腕を背後で組み、同じ姿勢のまま質問を返す。

「ようやくか？　あれほど気を持たせた暴露話というのを、これからしようと？」

「それもできるが……その前に、きみに訊きたいことがある」ローダンは昆虫知性体の威厳に満ちた近よりがたい雰囲気に、思わず感銘を受けた。「バオ宮殿でプシ＝サイバー・フィールドの影響を受けたとき、どんなものを幻視したのか、かんたんに教えてくれないか？」

「わたしのものの見え方は、きみには異質すぎるとは思わないのか？」トゥゾがわけ知り顔でたずねる。

「ためしてみる価値はある」

「きみは当然、謎めいたハン＝シュイ＝クォンが、ヘクサメロンが背後にいると思っているのだろう」と、トゥゾ。「だが、それはありえない。ヘクサメロンの哲学は死であり、生ではない。幻視で見えたのは生の循環だった。誕生と再誕、まるで知識権限の中枢の存在を比喩的にあらわしたかのようだ。無名の者が智者になり、智者がゴン＝ウェンになり、ゴン＝ウェンが知識権限の中枢を構成するプシオン意識になる。この幻視のなかで、わたしは完成され、永遠だった。不滅になったのだ。たいした経験だった」

「そのあと現実に引きもどされ、がっかりしたわけか」

「現実に引きもどされたのは、わたしがまだ永遠にいたる準備ができていないことを認識するためだった。あの経験にくらべたら、わたしの不在中になにがあったかなど、たいした意味はない。だが、きみには理解できないだろう」

「いや、とてもよくわかる！」ローダンが身震いしながらいう。

これで準備がととのった。

7

ペリー・ローダンはギル・ゴルと合意し、カルタン人のゴン＝ウェンは計画に賛成した。

「すべての映像資料を徴発しよう」と、ギル・ゴル。「きみの行動が不作法だということは絶対にない。むしろミ・アウワの生前の姿を見せるのは、名誉ある追悼といえるだろう」

そしていま、ローダンは飛空船のパーティ・ホールに集まった面々の前に立っていた。バオ宮殿の会議室にいたゴン＝ウェン全員が顔をそろえている。だれもが緊張して、ローダンに意識を集中していた。

「わたしが重要な事実を暴露すると聞いているはず」と、ローダンが話しはじめた。

「たしかにそのとおりだが、わたしの話がきみたちの期待に応えるものかどうかはわからない。とはいえ、そんなことはどうでもいい。この会合を準備したのは、嫌悪すべき犯罪を解決したいと思ったからだ。ほかにいうことはない。言葉では不充分だ。映像に語らせることにしよう」

こんな短い挨拶すら、ローダンは長すぎると感じた。だが、無関係の者にはなにがなんだかわからないだろうから、説明は必要だ。

ローダンが話を終えるとギル・ゴルがスイッチを操作し、パーティ・ホールの壇上のホログラム・キューブに光が灯った。映像が投射される。ほとんどがミ・アウワの母親や知人が撮影した素人映像だ。ギル・ゴルが急いで〝徴発〟し、編集したものだった。ローダンも《レダ》が記録したミ・アウワの映像の三分の一ほどを提供している。

最初は生まれたばかりの、父親の腕に抱かれたミ・アウワだった。父親は典型的な族長タイプで、まじめな顔で娘を勝利のトロフィーのように宙にかかげていた。剛毛の頬髭《ひげ》は短く刈りこまれ、二十数個のちいさな宝石で飾りたてられている。衣服は華美でファッショナブルだ。細い黄色のズボンに膝まであるブーツ、フリルのついたピンクのブラウス、手首側を折り返した手袋。頭には房飾りのある、金属製のように見える帽子をかぶっていた。

ミ・アウワが声をあげ、父親がその顔を舐《な》める。バスタブのようなベビーベッドに寝かされたミ・アウワの上に毛深い手があらわれ、鉤爪をむき出す。

歩きはじめたばかりのミ・アウワが転んでカメラのほうに倒れかかると、やっと一歳になったくらいの娘を、やはりめかしこんだ父親が両腕をひろげて抱きとめた。幼いカルタン人の笑顔が大写しになる。父親はまじめな顔のままだ。

その後もミ・アウワの成長のようすが一連の映像で次々にうつしだされた。はしゃぎまわって遊ぶ姿、父親に勢いよく海に投げこまれて大泣きする姿。娘が命の危険を感じて泣いている声が聞こえるのに、父親は無関心だ。だが、ミ・アウワはすぐに泳ぎをおぼえ、矢のように水を切っていく……ふたたび父親の誇らしげな顔。

そこにはつねに父親の姿があった。娘を叱り、なぐさめ、学校のローブを着用するのに手を貸し、マントの襟を念入りになおしてやっている。娘を教育し、叱責し、膝立ちでガラスの破片の上を前進させる父親。鉤爪をむき出して警告する父親……死の床にある父親。

ミ・アウワの母親はどこにも、父親の葬儀の場面にさえ登場しない。ミ・アウワは一度だけ大写しになり、左手の指をカメラに向かって交差させて見せた。ローダンはそれを、父親が死んで安堵した印と解釈した。ほかの参列者がぶつぶついう声が聞こえたから。

ゴン＝ウェンたちはしずかで、ほとんど関心がなさそうだ。

そこで数年を飛ばして、ふたたびあらわれたミ・アウワは学生のローブを着用していた。カメラの前に卒業証書をかざし、同じローブ姿の同年代の男性カルタン人がいっしょにうつっている。かれがミ・アウワの頬を舐めると、彼女は繊細な頬髭を震わせた。

当時からすでに、カルタン人の基準で、とても美しかったようだ。

さらに数年後、ミ・アウワは草原で無数の部品にかこまれていた。そのすべてを包含するように片手を大きく振ると、カメラが部品をひとつずつうつしだしていく。そして彼女は立体パズルを組み立てはじめた。ローダンにはなじみのない物体が徐々にかたちをとりはじめる。ミ・アウワは完成したカルタン人サイズの装置の前に立ち、はじめて子供っぽい声で話しだした。

「これは独力で組み立てたマルティ・パラボラ・ランクターです。ちゃんと動きます。すごいでしょう？」

同じ年代のカルタン人の集団が彼女を祝福する。ミ・アウワは文字どおりそのなかに埋もれてしまった。

雪景色のなかのミ・アウワ。宙返りをして氷柱《つらら》を投げる。背後から声がして、さらに三名のカルタン人の少女があらわれ、雪合戦がはじまった。

ミ・アウワが大写しになる。大きな氷柱を素手で宝物のようにつかんだまま、真顔でこういう。

「これは無数にある自然界の奇蹟のひとつです。最新の研究によると、極地並みの低温下でのみ、知識権限の中枢が出現するとのこと。それがいま、この手のなかにありますから、〝生きることの意味〟をたずねてみようと思います」ミ・アウワは氷柱の先端をマイクロフォンのように握り、話しかけた。「知識権限の中枢、わたしたちカルタン人の目的はなにか、教えてもらえますか？」

ミ・アウワが声を変えて答える。

「愛するカルタン人にいえるのは、怠惰で無精《ぶしょう》なまま腹いっぱい飲み食いし……ただ、繁殖も忘れないようにということだけだ」

映像を見ていた者たちのなかから、よく通る怒りの声があがった。一ゴン＝ウェンがはじめて口を開いたのだ。グリオルのイスタムだった。

「こんな冒瀆に耐えなくてはならないのか？」

プランタ人のセム・ト・タウタも甲高い声でいう。

「不謹慎だ。このような侮辱は罰せられるべきだ」

ギル・ゴルがかれのほうに身を乗り出し、ささやいた。

「彼女はもう死んでいる」

「死後でも他者を侮辱することはある」

ローダンはギル・ゴルの腕をつかみ、かれが軽率な行動にはしる前にプランタ人から引きはなした。ギル・ゴルは緊張を解いた。自分の姿が多くの若者たちといっしょに映像にあらわれたから。

その後のミ・アウワはつねにギル・ゴルといっしょだった。一度、彼女はカメラに向かってこういった。

「わたしは生涯をともにするカルタン人を見つけたと思う……かれの精神があれほど老いて、保守的でなければよかったのに。ギル・ゴルといっしょなら、どこか未踏の世界に移住して、カルタン人のあらたな種族をつくり出したかった」

「そうしていればよかった」ギル・ゴルがローダンにだけ聞こえるように小声でいった。

「そうすればミ・アウワはまだ生きていたはず。くそ、なんてことだ！」

「こうでなければよかったと思う理由はそれだけか？」ローダンがたずねた。

「ああ。彼女を失わないためだけでも、いっしょにどこかに行ってしまえばよかった」

ギル・ゴルはローダンに向きなおった。「この状況はあまりにもひどすぎる」

「もちろん、ミ・アウワは状況を誇張する必要があった」ローダンはそういったあと、なだめるようにつけくわえた。「まだ手遅れではない」

ミ・アウワとギル・ゴルがともにすごした映像が終わり、かれがゴン＝ウェンに指名されるのを彼女が見とどけると、場面は最近の出来ごとにうつった。《レダ》が記録した映像がうつしだされる。

ドリフェル・カプセルは自分が話した部分を削除して、ミ・アウワの声だけが聞こえるようにしていた。

最初のヒュプノ学習のあと、ドリフェル・カプセルのせまいキャビンでの会話のようだ。

「これはぜんぶほんとうのことなの？　メエコラーはこんなきびしい法に支配されているわけ？　この強者の法が適用されたら、ハンガイ銀河の住民が生きのびるチャンスはほとんどない。どうしてカンサハリヤのだれも、そのことを考えないの？　せめて知識権限の中枢はなにか対策を講じるべきなのに。自分たちが正しいことをしているのかどうか、自信がなくなってきたわ」

　ミ・アウワは二度目のヒュプノ学習のあと、ローダンにも同じようなことをいっていた。彼女がメエコラー・プロジェクトを根本的に否定していたわけではなく、プロジェクトの不充分な点を批判していただけだということは、もうわかっている。

　じつのところ、ローダンには理解できない驚くべき点は、カルタン人も、たぶんカンサハリヤのほかの二十一種族も、異宇宙への転移をきわめて気楽に考えていることだった。

「異宇宙に移民するというのがどういうことか、ちゃんと考えているゴン＝ウェンはだれもいないの？」ミ・アウワが聴衆に向かってたずねた。もちろん、実際は《レダ》と話しているのだが、その場にいる者たちが反応した。

「もうたくさんだ！」グリオルのイスタムが憤然と叫ぶ。「これ以上こんな話は聞きたくない」

ナックのダルフロルも声をあげた。

「これは悪影響があるぞ、ギル・ゴル。この不作法は許しがたい。愛する者を失った嘆きのあまりという逃げ口上《こうじょう》も認められない」

「この悪趣味な催しの意味がわからない」プランタ人セム・ト・タウタの甲高い声が聞こえた。「説明してもらえるのだろうな、ギル・ゴル？」

傍観していた数名が声をあげる。「中止だ、中止！」

声はしだいに大きくなり、収拾がつかなくなってきた。

ギル・ゴルはローダンにどうしようもないという身振りをして見せ、映像の再生をやめるよう合図した。

「これが事実の暴露だというのか？」ペエルガテーターのペエレヴォムが腹立たしげにたずねた。「なぜこんなお涙頂戴の一代記を見せられ、テロリストの侮辱的な言辞を聞かされなくてはならない？」

「きみたちが彼女を殺したからだ！」ローダンが告発するようにいった。

＊

「彼女は当然の報いを受けたのだと思う」クーペラレのトゥゾがいった。

それを聞いたギル・ゴルは昆虫知性体に飛びかかろうとしたが、セム・ト・タウタがその巨体で立ちふさがり、かれを押しもどした。プランタ人はそうしながらもギル・ゴルには目もくれず、ローダンのほうを向いていった。

「われわれがミ・アウワを殺したというのはどういう意味だ？」声はおちついているが、危険な底意が感じられた。「彼女を殺したのはハン＝シュイ＝クォンのハウリ人だ。われわれ全員がヘクサメロンの秘密組織に属しているとでもいいたいのか？　本気でそこまでいうつもりか？」

　答えるローダンもおちついていた。

「ハン＝シュイ＝クォンに属しているのは一名だけだ。だが、だれもが心の底では共感していたはず。きみたちのなかに、ミ・アウワの死を願わなかった者がいるか？　きみたちから見れば、彼女は不都合な批判をやめない、権威を認めず伝統を軽視する反逆者だったろう。だれにとっても目の上の瘤《こぶ》だったはず。ギル・ゴルさえ、彼女の意見を変えさせようと手をつくしたと告白している」

「だが、ギル・ゴルは不徹底だった」と、グリオルのイスタム。「彼女と別れるべきだったのだ。ミ・アウワはゴン＝ウェンのパートナーにふさわしくなかった」

「ゴン＝ウェンにはハウリ人のほうがふさわしいというんだろう、イスタム、ちがうか？」と、ローダン。「〝最後の六日間〟にいつ改宗した？　ヘクサメロンはどうやってきみをとりこんだんだ？　死の哲学をどんなふうに教えられた？」

小柄なグリオルは飛びあがり、憤然とローダンに向きなおった。

「告発をただちに撤回しろ。さもないと……」

「さもないと?」ローダンは平然と問いかえした。「わたしもハン＝シュイ＝クォンの暗殺リストに載せるのか、それとも、もう載っているのかな? ギル・ゴルと同じように。かれは実際に襲撃されている。そうだろう?」

「嘘だ!」イスタムは叫んだが、説得力はなかった。告発されるとは夢にも思っておらず、弁明を考えていなかったようだ。

「自分は安全だと思っていたんだろう、イスタム」ローダンがさらに追及する。「ミ・アウワの死で、自分に捜査の手がのびるとは思っていなかったはず。反抗的な厄介者だった彼女がいなくなって残念に思うのは、シュオ＝ゴン＝ウェンのなかではギル・ゴルくらいのものだと考えていたから」

「きみの話がまったくのまちがいだとは思わない、ペリー・ローダン」ナックのダルフロルが口をはさんだ。「内心ではなにを考えるのも自由だが、それを行動にうつせば話はちがってくる。この暗殺事件、わたしにまかせてみないか? ナックは中立で、どんな政治的信条も支持せず、もっとも力のある勢力に仕えて自分たちの利益の実現を図る。ヘクサメロンはタルカンの支配勢力ではないだろう?」

「じつは最初はきみを疑っていたんだ、ダルフロル」ローダンがいった。「イスタムは巧妙に陰謀を仕組んでいた。もともとはミ・アウワを犯人に仕立てるつもりだったのだろう。彼女が裏切ってギル・ゴルを殺したといえば、疑念をいだくゴン＝ウェンはいなかったはず。イスタムの計算外だったのは、ミ・アウワが身を挺《てい》してギル・ゴルを守ったことだ」

　ローダンが話しているあいだに、カルタン人警備兵が観衆をかき分け、グリオルを拘束しようとするのがわかった。ギル・ゴルがイスタムを監視している。

「わたしのことは疑わなかったのか、ペリー・ローダン？」と、クーペラレのトゥゾがたずねた。「わたしのプシ＝サイバー幻視はヘクサメロンの死の哲学に通じると解釈できたはず」

　ローダンはかれに向きなおり、しばらく考えてから答えた。

「わかると思うが、トゥゾ、もしそうだったとすると、ゴン＝ウェン全員が裏切っていたことになる。プシ＝サイバー暗示を脅威と感じた者はいなかったから。もちろん、きみ以外は認めないだろうが、幻視に囚われていたあいだはかれら全員、ヘクサメロンを救いの手と認識していた。自分たちが〝最後の六日間〟の潜在的な信奉者ではないという確信はなかったはず」

「きみがそう判断することになったのは残念だ、ペリー・ローダン」ヴェンノクのフェルゲルがいった。「一、二名はヘクサメロンに傾倒し、〝最後の六日間〟の預言者にたやすくとりこまれていたかもしれない。だが、わたしはそのなかには入らない。ミ・アウワに関しては、わたしとは友好的な関係を築いていた。内心は彼女を殺した者と同じだといわれるのは心外だ」

「前言を撤回する気はない」ローダンは断固としていいかえした。「社会的にはミ・アウワといい関係を築いていたとしても、彼女の考えを受け入れていたわけではない。きみはほかのゴン＝ウェンよりも多少忍耐強かっただけだ、フェルゲル。ミ・アウワの自由なふるまいを表面的に許していても、彼女を死なせた者たちの一員であることに変わりはない。きみが立ちあがって頽廃の毒と戦わないかぎり、わたしがきみへの評価をあらためることはない、フェルゲル」

最後の言葉はいささか感情的だったかもしれないが、ローダンに後悔はなかった。

「気づいているか？」イスタムが大声でいった。「メエコラーからきた異人はわれわれをたがいに対立させ、動揺させようとしている。ここにヘクサメロンの手先がいるとしたら、それはかれだ」

「あきらめろ、イスタム」ギル・ゴルがグリオルに向かっていった。「きみは負けたのだ。裏切り者を拘束しろ！」

最後のひとことはすでにグリオルをとりかこんでいた兵士たちに向けたものだった。

イスタムは周囲を見まわし、本性をあらわにして叫んだ。

「ヘクサメロンのために！　死をもってあらたな栄光を！」

なにが起きているのか周囲の者たちもわからないうちに、イスタムは衣服の下に手を入れた。胸元が一度大きく動き、同時に全身が痙攣《けいれん》して、かれは床に倒れた。

　またしても〝最後の六日間〟の信奉者が歓喜のなかで死んだのだ。ローダンは苦々しげにそう思った。

　かれは死体に背を向けた。もうここに用はない。《レダ》に乗りこんで別荘にもどりたかった。

　パーティ・ホールを出ようとしたとき、ギル・ゴルが追いついてきて、かれの腕をつかんだ。

「ゴン＝ウェンを悪く思われたままでは胸が痛む。あす、惑星ジャリプに飛べば意見が変わるかもしれない。シュオ＝ゴン＝ウェンがしていることもわかるだろうし、知識権限の中枢の重要性も理解できると思う。われわれ、あらたな指示を待っているところだ」

「では、またあした」ローダンはそういった。

　いまはただ、ひとりになりたかった。

あとがきにかえて

嶋田洋一

スキーから帰った翌週に父が亡くなっててんやわんや、という話の続きから。

父はわたしの家から車で一時間半ほどかかる栃木県の老人施設に入居していて、弟夫婦が近くに住んでいる。

一月十二日午後二時ごろ「誤嚥《ごえん》して、肺炎を起こしている」と連絡があり、入院先を探しているとのことで、わたしは病院が決まるまで待機することになった。だが、結局受け入れられる病院はなく、そのまま施設で治療ということになった。

その後、意識レベルが低下してきたというのでわたしも施設に向かい、午後五時半ごろ到着したのだが、そのときにはもう亡くなっていた。死亡時刻は五時五分とのことで、ぎりぎり間に合わなかった。

その日は弟の家に泊まり、葬儀は自宅のある埼玉県で執り行なうことにした。父の自宅というのは、今わたしが住んでいる家のことだ。

すぐに手配をして、一月十七日に葬儀と荼毘《だび》ということになった。

親族には年配者が多く、まだ新型コロナの不安もあるため、通夜はなしにして一日だけの家族葬ということにした。

父が東京に単身赴任していた一時期、いっしょに住んでいたわたしの従兄弟たちが駆けつけてくれて、参列者は少ないながらもしめやかな式で見送ることができた。

父は大正十二年八月九日生まれの九十九歳、あと半年と少しで百歳の大台だったのだが、残念ながら届かなかった。数え年ではこの元旦に百歳になったばかりということになる。

関東大震災の一ヵ月足らず前に群馬県前橋市で生まれたことから、どうも地震は苦手だと常々言っていた。生後一ヵ月にも満たないで震災の記憶があろうはずもないが、子供のころにさんざん恐い話を聞かされたという事情もあったのだろう。

旧制前橋中学では俳優の小林桂樹氏や刑法学者の大塚仁氏と同級だったそうだ。どちらもすでに鬼籍に入っている。

東京商科大学（現在の一橋大学）専門部を卒業して三菱レイヨンに入社、東京の本社勤務のあと広島県、福井県、大阪府と転勤し、わたしも弟も転校を繰り返した。最後は本社の秘書室長を務めて退社、埼玉県の塗料会社に再就職し、役員になって七十四歳まで勤め上げた。

こう書くとサラリーマン一筋という印象だが、歌舞伎と俳句が趣味で、江戸時代の戯作文学に詳しく、ミステリ小説もよく読む読書家だった。家にはつねに大量の本があり、わたしがこの仕事をするようになったのも、間接的には父の影響といえるだろう。

当然ながら引っ越しは大変で、一家総出で本を段ボール箱に詰めることになる。引っ越し業者の兄ちゃんがそれを十一tトラックに積み込みながら「まだあるのかよ……」とつぶやいていたのが記憶に残っている。

晩年は緑内障で視野が大きく欠損し、耳も遠くなって意思疎通が困難になっていたが、最後までパソコンを使ってメールのやり取りを続けていた。

ここ三年はコロナ禍のせいで面会もままならず、予約をしてガラス越しに十分だけ話をするのが精いっぱいという状況だった。その意味では不満も残るが、最後まで矍鑠《かくしやく》としたまま逝ったのは、プライドの高かった父にとって、満足なことだったのではないかと思う。

宇宙の戦士〈新訳版〉

Starship Troopers

ロバート・A・ハインライン
内田昌之訳

〈ヒューゴー賞受賞〉恐るべき破壊力を秘めたパワードスーツを着用し、宇宙空間から惑星へと降下、奇襲をかける機動歩兵。この宇宙最強部隊での過酷な訓練や異星人との戦いを通し、若きジョニーは第一級の兵士へと成長する……。映画・アニメに多大な影響を与えたミリタリーSFの原点、ここに。解説／加藤直之

ハヤカワ文庫

宇宙兵志願

Terms of Enlistment

マルコ・クロウス

金子 浩 訳

二二世紀、第三次世界大戦後のアメリカでは、植民星への移住が進む一方、大多数の国民は福祉都市に押しこめられ、配給に頼って生活していた。アンドリューはそんな生活から抜け出すために、北アメリカ連邦軍に志願する。だが、脱落者続出の苛酷な訓練を耐え抜いて勝ち取った配属先は、思いもよらぬ場所だった！

ハヤカワ文庫

アルテミス（上・下）

ARTEMIS

アンディ・ウィアー
小野田和子訳

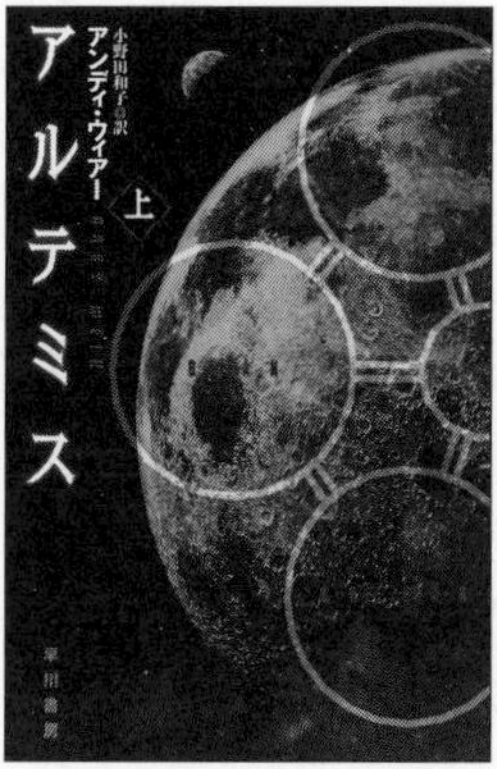

月に建設された人類初のドーム都市アルテミスでは、六分の一の重力下で人口二千人の人々が生活していた。運び屋として暮らす女性ジャズは、ある日、都市有数の実力者トロンドから謎の仕事のオファーを受ける。それは月の運命を左右する巨大な陰謀に繋がっていた……。『火星の人』に続く第二長篇。解説／大森望

ハヤカワ文庫

彷徨《さまよ》える艦隊

旗艦ドーントレス

The Lost Fleet: Dauntless

ジャック・キャンベル

月岡小穂訳

救命ポッドの冷凍睡眠から目覚めたギアリー大佐は愕然とした。なんと百年がたっていたのだ。しかも軍略に秀でた英雄にまつりあげられている始末。そんな彼に与えられた任務は、敵の本拠星系に攻めこんだものの大敗し満身創痍となった艦隊を、司令長官として無事に故郷へと連れ戻すことだった！　解説／鷹見一幸

ハヤカワ文庫

訳者略歴　1956年生，1979年静岡大学人文学部卒，英米文学翻訳家　訳書『ストレンジネス狂詩曲』シェール&シドウ，『ヴィーロ宙航士の帰郷』ヴルチェク&フェルトホフ（以上早川書房刊），『巨星』ワッツ他多数

HM=Hayakawa Mystery
SF=Science Fiction
JA=Japanese Author
NV=Novel
NF=Nonfiction
FT=Fantasy

宇宙英雄ローダン・シリーズ〈687〉

カルタン人揺籃《じんようらん》の地《ち》

〈SF2403〉

二〇二三年四月二十日　印刷
二〇二三年四月二十五日　発行
（定価はカバーに表示してあります）

著者　クルト・マール
　　　エルンスト・ヴルチェク
訳者　嶋《しま》田《だ》洋《よう》一《いち》
発行者　早川浩
発行所　株式会社　早川書房
郵便番号　一〇一‐〇〇四六
東京都千代田区神田多町二ノ二
電話　〇三‐三二五二‐三一一一
振替　〇〇一六〇‐三‐四七七九九
https://www.hayakawa-online.co.jp

乱丁・落丁本は小社制作部宛お送り下さい。
送料小社負担にてお取りかえいたします。

印刷・信毎書籍印刷株式会社　製本・株式会社川島製本所
Printed and bound in Japan
ISBN978-4-15-012403-8 C0197